W0306665

Tea Stilton

El secret de les Fades del Llac

DESTINO

Textos de Tea Stilton.
Coordinació de textos: Alessandra Berello *i* Arianna Bevilacqua *(Atlantyca, S.p.A.).*
Col·laboració editorial: Elena Peduzzi.
Col·laboració editorial: Patrizia Puricelli.

Coordinació artística de Flavio Ferron.
Assistència artística de Tommaso Valsecchi.
Coberta de Danilo Barozzi *i* Flavio Ferron.
Il·lustradors: Giuseppe Facciotto *i* Barbara Pellizzari *(disseny)*, Alessandro Muscillo *(color).*
Il·lustracions del Diari del Món d'Erin *de* Danilo Barozzi.
Grafisme de Marta Lorini.

Basat en una idea d'Elisabetta Dami.

Títol original: *Il segreto delle Fate del Lago*
Traducció de Maria Dolors Ventós

© 2012, Edizioni Piemme S.p.A., Palazzo Mondadori, Via Mondadori, 1, 20090 Segrate - Itàlia
www.geronimostilton.com
International Rights © Atlantyca S.p.A., Via Leopardi 8 - 20123 Milà, Itàlia
foreignrights@atlantyca.it
www.atlantyca.com
© 2013, Editorial Planeta S. A.
© 2013, d'aquesta edició: Grup Editorial 62, s.l.u.
Estrella Polar, Pedro i Pons, 9-11, 08034 Barcelona
www.estrellapolar.cat
info@estrellapolar.cat
www.geronimostilton.cat

Primera edició: novembre del 2013
Segona edició: juny del 2015
ISBN: 978-84-9057-246-7
Dipòsit legal: B. 22.729-2013
Fotocomposició: Víctor Igual, s.l.
Impressió: Egedsa
Imprès a Espanya - Printed in Spain

Queda rigorosament prohibida sense autorització escrita de l'editor qualsevol forma de reproducció, distribució, comunicació pública o transformació d'aquesta obra, que serà sotmesa a les sancions establertes per la llei. Podeu adreçar-vos a Cedro (Centro Español de Derechos Reprográficos, www.cedro.org) si necessiteu fotocopiar o escanejar algun fragment d'aquesta obra (www.conlicencia.com; 91 702 19 70 / 93 272 04 47). Tots els drets reservats.

Stilton és el nom d'un famós formatge anglès. És una marca registrada de l'Associació de Fabricants de Formatge Stilton. Per a més informació, www.stiltoncheese.com

Tea Stilton i les Tea Sisters

El Món d'Erin

El Món d'Erin és un lloc fantàstic, on viuen uns éssers màgics i una mica estrafolaris. Els seus noms i costums fan pensar en els personatges de les faules irlandeses, però és la fantasia el que els fa especials, originals i únics...

Phookes: són uns follets molt murris, que poden adoptar diferents aparences. Al Món d'Erin, sovint es transformen en uns cavalls negres d'ulls lluents!

Fades del Llac: custodien els secrets del Món d'Erin. Només parlen amb endevinalles: qui no és capaç de resoldre-les, s'hi queda atrapat durant un any!

Gòblins dels Sons: són uns éssers murris, amb el nas de lloro i les orelles punxegudes. Viuen a la Gorja dels Sons. No els agraden els intrusos...

Follets Verds: viuen a la riba del riu, a la Gorja dels Sons. Són alegres i eixerits, i els agrada fer de guia, però... sempre es perden!

Fades del Sí: són unes cuineres excel·lents. Sempre tenen la taula parada, però els comensals no se'n poden aixecar sense el permís de les fades!

Leprechauns: són uns follets sabaters, famosos pel seu art arreu del Món d'Erin. Quan no treballen, es diverteixen fent broma.

Gnoms: són uns éssers petitons que viuen als arbres del Bosc Encantat. Són simpàtics i hospitalaris. Porten barrets en punta i botes.

Banshees: són unes fades solitàries, molt boniques, però sempre estan tristes. Per trobar una banshee només cal seguir els seus gemecs.

Guardians de Tresors: Viuen a l'Aiguamoll Gris. Són uns follets cobdiciosos que només pensen a acumular riqueses...

Gorres Vermelles: són uns éssers estrambòtics, amb unes maneres brusques i amenaçadores. Formen part de la Cort dels Descontents.

EXÀMENS A LA VISTA!

A la Universitat de Ratford havia començat una de les èpoques més dures del curs: els **exàmens!** Les Tea Sisters estaven ocupadíssimes preparant l'examen d'**Economia** i **Estadística**.

Nicky va tancar el llibre que tenia al davant i va exclamar:

—Se'm tanquen els ULLS, noies!

—I a mi! —va dir Violet, badallant.

—Me'n vaig a dormir. Les hores de son són fonamentals per estar en FORMA! —va afegir Colette.

—M'hi apunto, col·lega! —va dir Pam, fent un estirament.

—Jo necessito una mica més de temps per arribar a l'examen ben preparada —va confessar Violet amb una expressió desconsolada.

—T'anirà molt bé, no en dubtis —va dir Nicky, per animar-la, i li va donar un copet a l'espatlla. Paulina, en canvi, no parava d'escriure números al seu quadern.

—Que no véns a descansar? —li va preguntar Colette.

—He de repassar una fórmula.

—Tu mateixa... Bona nit! —van dir a cor les seves amigues.

Paulina se'n va acomiadar i després va tornar a inclinar el cap damunt del full. Al cap d'una estona, va alçar la mirada i es va adonar que ja era l'ALBA.

—Però quantes hores m'he passat estudiant aquí?! —es va demanar. Es va fregar els ulls i va anar a obrir la finestra, per respirar una alenada d'aire fresc. Així que va sentir el vent fresquet de primera hora del matí, es va adonar que a fora, al jardí, hi havia algú.

Era jo, Tea Stilton!

El rector de la Universitat de Ratford m'havia demanat que preparés un seminari sobre tècniques d'INVESTIGACIÓ SUBAQUÀTICA.

En aquell moment acabava de tornar d'una immersió i encara duia posat el vestit de neoprè.

Portava les ulleres i els peus d'ànec a sota el braç i la meva INDUMENTÀRIA era força insòlita per a aquella hora del matí!
Paulina, encuriosida, va decidir baixar al jardí, per saludar-me.
—Bon dia, Tea! —em va dir, somrient.
—Bon dia, Paulina. Ets molt matinera!
—La veritat és que... no he dormit gens!
Vaig donar un cop d'ull als llibres que duia sota el braç i en vaig comprendre el motiu immediatament.
—S'acosten els exàmens, oi?
—Doncs, sí. I el senyor Aristoratos és molt exigent!
Vaig somriure.
—Au, va, anima't, que us reservo una sorpresa fantàstica per al pròxim trimestre!
—De debò? Quina?! —em va preguntar Paulina amb uns ulls desbordants d'ENTUSIASME.
—Un seminari de tècniques d'investigació subaquàtica. Justament ara torno de fer una inspecció al fons marí de l'illa: hi ha moltes RESTES ar-

queològiques oblidades que ens revelaran històries força interessants! Estic convençuda que t'agradarà molt, ja ho veuràs!

Paulina no es creia el que sentien les seves orelles: les seves amigues i ella m'acompanyarien a descobrir els **MISTERIS DEL MAR!**

—Quina notícia més extraràtica! —va exclamar—. Vaig a explicar-ho a les altres ara mateix!

Al cap d'un instant, va desaparèixer escales amunt i jo la vaig seguir amb la mirada, pensant que era molt afortunada de tenir unes alumnes tan entusiastes com les Tea Sisters.

Després, vaig anar cap a la meva habitació per DUTXAR-ME i preparar-me per a l'entrevista amb el rector. Vaig recórrer el llarg passadís, però, abans d'obrir la porta, em vaig fixar que hi havia una cosa sota el llindar: era una CARTA!

Una petició d'ajuda

Vaig entrar a l'habitació amb el sobre a la mà i vaig tancar la porta. El vaig mirar, encuriosida, i em vaig quedar sense paraules: venia de l'IHI, l'**Institut d'Històries Increïbles**.*

Al darrere del sobre hi havia un dibuix inconfusible: el símbol de les *Set Roses*, un dels departaments més secrets de l'IHI!

Feia poc m'havien sotmès a una **prova** especial per poder col·laborar amb aquest Departament i havia començat la instrucció, però aquesta era la primera vegada que es posaven en contacte amb mi. Vaig obrir el **SOBRE** i vaig començar a llegir...

** Les Tea Sisters i jo col·laborem amb l'IHI com a expertes en periodisme d'investigació.* *Per a més informació, aneu a la pàgina 16.*

Estimadíssima Tea,

El Departament de les Set Roses necessita la teva ajuda. Nina, una de les nostres col·laboradores més prometedores, va començar a preparar un estudi molt interessant sobre les llegendes de la mitologia irlandesa. Fa cosa de vint dies se'n va anar a Irlanda per aplegar material, però ja fa més d'una setmana que no en tenim cap notícia. Sembla que hagi desaparegut en el no-res. Necessito que m'ajudis a buscar-la. Si acceptes, truca'm, perquè te'n doni tots els detalls, al número de telèfon que hi ha darrere d'aquest full. La vida de Nina podria córrer perill!

Cordialment,

WILL MISTERI

Immediatament, vaig marcar el número de TELÈ-FON.

—Hola, Will. Sóc Tea Stilton.

—Tea! Que content que estic que m'hagis trucat! —em va respondre.

—Ho havia de fer per força. Em sembla que es tracta d'un cas d'**EXTREMA URGÈNCIA...**

Will va parlar en veu baixa:

—M'hauria agradat tenir més temps per explicar-te millor de què s'ocupa el nostre Departament. Encara no has acabat la INSTRUCCIÓ i no coneixes a fons l'abast de les nostres activitats... Però et necessito ara, és una emergència!

—Pots comptar amb mi! Què he de fer? —li vaig preguntar, **encuriosida**.

Llavors, Will m'ho va explicar tot.

IHI
Institut d'Històries Increïbles

Un centre d'investigació supersecret

L'IHI, el van fundar un grup de científics que es dediquen a l'estudi dels misteris irresolts. El cap de l'institut és el Senyor Alfa.

Una seu invisible

Per mantenir la màxima reserva sobre les investigacions en curs, la seu de l'IHI s'amaga entre els gels de l'Antàrtida: s'hi accedeix per un túnel subterrani, travessant l'holograma d'una torre de gel.

Les Set Roses

El Departament de les Set Roses és el sector més secret de l'IHI; es dedica a la investigació dels Mons Fantàstics. El dirigeix Will Misteri, un investigador molt expert que fa la seva feina amb l'ajuda d'una atapeïda xarxa de col·laboradors.

Les Tea Sisters i l'IHI

Tea Stilton i les Tea Sisters van col·laborar amb l'IHI en una aventura anterior; des de llavors, Tea es va convertir en una col·laboradora oficial del Departament de les Set Roses, per la seva gran habilitat en el periodisme d'investigació.

—Vull que vagis a Irlanda a buscar *Nina*, la col·laboradora desapareguda que t'esmento a la carta. Segons les últimes notícies que en vam rebre, sembla que havia descobert alguna cosa important sobre les antigues **llegendes irlandeses**. Sabem que investigava en unes ruïnes molt antigues que hi ha en un illot de la zona de Cork. Tu ets una

experta en PERIODISME d'investigació; estic segur que aconseguiràs trobar-la!

Li vaig respondre:

—Faré tots els possibles! Una cosa: on van veure Nina per última vegada?

—A Dunmore East, un poblet de la costa irlandesa, a l'est de Cork. Un agent de l'IHI t'espera al *pub* EL GOS QUE PASSEJA. Com sempre, a l'aeroport rebràs un sobre amb les INSTRUCCIONS per arribar a la teva destinació i per reconèixer el nostre agent.

—D'acord, Will. Vaig a fer els preparatius per MARXAR cap a Irlanda. T'enviaré notícies meves al més aviat possible —li vaig dir, per acabar la trucada.

MISSIÓ ULTRASECRETA

Just en aquell moment, un estossec darrere la porta de la meva habitació em va fer sospitar: i si m'estaven espiant?

Vaig donar un cop d'ull al passadís, però només vaig veure Vainilla, parlant per telèfon. Vaig tornar a entrar a l'habitació i vaig obrir un calaix per agafar el penjoll de les Set Roses que em van enviar quan vaig acceptar la col·laboració amb aquest Departament. Havia arribat el moment de posar-me'l!

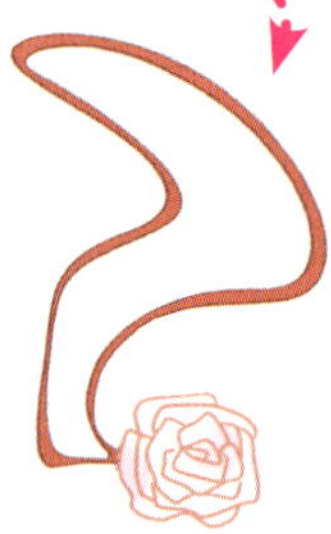

Després, vaig fer la maleta. Al cap de mitja hora ja estava a punt de marxa. Em vaig trobar amb les Tea Sisters que s'esperaven a l'entrada de l'aula d'Economia i Estadística per fer l'examen.

Com sempre, hi havien arribat molt aviat; encara faltava una hora perquè comencés la prova...

Quan em van veure amb la **BOSSA** de viatge en bandolera, les noies van fer uns ulls com unes taronges per la sorpresa.

—Tea! —van exclamar a cor.

—**Bon dia!** —els vaig respondre, amb un somriure.

—Però... es pot saber on vas? —em van preguntar, sempre alhora.

—Malauradament, me n'hauré d'anar abans del que tenia previst... Es tracta d'una **missió ultrasecreta** per a l'IHI —els vaig respondre, provant de dissimular la meva preocupació.

Les noies, emocionades, van cridar:

—L'IHI? T'hi acompanyem! De què va, la missió?

—No —vaig replicar—; aquesta vegada hi he d'anar sola. M'han trucat del Departament de les Set Roses: és un sector **SUPERSECRET**, i vosaltres encara no en formeu part. A més, teniu exàmens a la universitat... No m'hi podeu acompanyar.

En aquell moment em vaig adonar que hi havia algú que se'ns acostava cada vegada més... Era Vainilla!

—Hola, Vainilla! —vaig exclamar, i la noia es va sobresaltar per la **sorpresa**—. Ja estàs a punt per a l'examen? Et recomano que vagis a repassar els apunts, en lloc de perdre el temps.

Vermella com un tomàquet de la vergonya, Vainilla va respondre:

—Ehem, jo... d'això... volia saber si...

Li vaig fer una mirada molt severa.

—Tu no canvies, eh, Vainilla? No perds el costum de ficar el nas als **AFERS** dels altres...

Es va girar d'esquena i se'n va anar, molt empipada.

Les Tea Sisters es van intercanviar una mirada d'entesa; després, Colette va dir:

—Anem a la Sala de Lectura! A aquesta hora no hi ha ningú i podrem parlar tranquil·lament, sense que ens escoltin orelles indiscretes!

Així que ens vam quedar soles, els ho vaig explicar:

—**WILL MISTERI**, el director del Departament de les Set Roses, m'ha demanat que vagi a buscar Nina, una col·laboradora seva que ha desaparegut misteriosament.

Les noies van protestar:

—Però, Tea, juntes som invencibles... Tota sola et podries trobar en situacions molt perilloses!

Vaig somriure.

—No us preocupeu per mi, segur que també me'n sortiré **TOTA SOLA!** —Després, vaig donar un cop d'ull al rellotge i vaig afegir:— Perdoneu però me n'he d'anar **CORRENTS!** Que tingueu sort als exàmens!

Vaig sortir de la universitat sense girar-me. Havia d'anar al **port** per agafar el primer aliscaf que sortís i fer cap a l'aeroport més proper.

L'AVENTURA ACABAVA DE COMENÇAR!

De viatge cap a Irlanda!

Quan vaig pujar a bord de l'avió, l'hostessa, amb una expressió de complicitat, em va donar una **REVISTA**.

—Li ve de gust llegir?

Quan la vaig fullejar, entre les pàgines vaig trobar un sobre de l'IHI.

A dins, hi havia una **FOTO** de Nina i les instruccions per arribar al lloc on havia de començar la investigació.

Trobar Nina era una missió de la màxima importància. Estaria a l'altura de la **tasca** que m'havien confiat?

Vaig aprofitar el vol per ordenar les idees i decidir l'estratègia que havia de seguir.

Vaig fer una MIRADA distreta per la finestrella de l'avió i em vaig quedar bocabadada: a sota meu, hi havia un paisatge meravellós!

Uns prats verdíssims es capbussaven en un mar de color blau intens i vibrant...

...ALLÒ ERA IRLANDA!

—Quina preciositat! —vaig exclamar.

Després d'aterrar, vaig llogar un cotxe* i em vaig dirigir a Dunmore East, el poble on havien vist Nina per última vegada. A mesura que avançava, la carretera era cada vegada més estreta i TORTUOSA. Revolt rere revolt, vaig resseguir uns penya-segats que baixaven en picat cap al mar i uns prats de color verd maragda: conduïa amb prudència, llançant contínues mirades al mar. Hi havia BORRASCA i les onades feien unes esquitxades altíssimes que s'estavellaven contra els esculls. Finalment, després de gairebé una hora de viatge, vaig arribar al *poblet* de Dunmore East, al comtat de Waterford, al nord-est de Cork.

* *A Irlanda, els vehicles circulen pel carril esquerre. Per facilitar la conducció, els cotxes tenen el volant a la dreta.*

Era molt bonic: un pintoresc grapat de cases de pescadors, construïdes al voltant d'una BADIA arrecerada, amb un PORT petit. Així que vaig baixar del cotxe, em va envestir una RÀFEGA de vent tan forta i inesperada, que de poc que no em fa perdre l'equilibri.
No vaig veure ningú per demanar-li informació. Sort que era un poble molt petit i segur que aviat trobaria el PUB on m'esperava l'agent de l'IHI.

L'instint em va impulsar a seguir el carrer on havia aparcat. I no m'equivocava perquè, al cap de poc, em va cridar l'atenció un **grinyol** estrany. Vaig alçar la mirada: en un plafó de fusta empès pel vent, hi vaig veure el rètol del *pub* El Gos que passeja.

Havia arribat a la meva destinació!

DEURE ACOMPLERT!

Mentre jo estava ocupada amb la meva investigació irlandesa, les Tea Sisters s'havien d'enfrontar als misteris de l'examen d'Economia i Estadística!
Abans d'entrar a l'aula, Paulina va consultar per última vegada el seu quadern d'apunts i va preguntar a les seves amigues:
—A vosaltres no us preocupa l'examen?
—Oi tant! —va respondre Pam, que va treure de la seva motxilla un paquet de galetes salades amb formatge—. Però estic segura que m'anirà superbé!
—Ja és l'HORA —va anunciar en aquell moment el senyor Aristoratos, invitant a entrar a l'aula els alumnes ressagats.
—Un moment! —va cridar Colette, alarmada—. M'he descuidat el perfum! No em puc enfrontar a l'examen sense la fragància adequada...

Es va treure el seu perfum preferit de la bossa, **Sospir de Rattel**, i se'n va posar unes gotetes darrere les orelles.

—Ja està, ara ja hi podem entrar! —va exclamar, satisfeta.

Les seves amigues se la van mirar, divertides: Colette era única!

Afortunadament, les cinc amigues podien **somriure** fins i tot en els moments de tensió.

Quan hi van entrar, l'aula ja era plena d'estudiants que seien als seus llocs.

El senyor Aristoratos, dret darrere la seva taula, es disposava a repartir els **qüestionaris**.

—Ja podeu començar —va dir, molt seriós, i van iniciar l'examen.

Hi havia vint preguntes amb quatre **respostes** possibles, però només una era la correcta. I, a més, al final hi havia uns **problemes**, que eren els que espantaven més les Tea Sisters!

Tots els estudiants van començar a llegir la prova amb cara de preocupació.

El gran RELLOTGE que hi havia penjat darrere la taula del professor marcava el pas del temps inexorablement. Cap al final, el senyor Aristoratos els va anunciar:

—**Falta mitja hora per acabar!**

Tots es van afanyar a completar la prova abans que arribés el moment d'entregar el *full*.

—Com us ha anat, noies? —va preguntar Nicky a les altres, així que van sortir de l'aula.

—Jo no he sabut RESOLDRE l'últim problema... —va comentar Colette, preocupada.

—Si has contestat bé tota la resta, no et preocupis —li va dir Violet, per tranquil·litzar-la.

Nicky va fer un somriure a les seves amigues i després va afegir:

—Noies, ara que ja hem acomplert el nostre **DEURE**, és a dir, fer els exàmens... Què me'n dieu de fer una visita sorpresa a Tea? La missió que li han encarregat sembla molt **delicada** i potser li farà falta que li donem un cop de mà...

Les cinc **amigues** es van intercanviar una mirada de complicitat i es van precipitar a l'habitació per telefonar a Will Misteri.

Ell les ajudaria a ***TROBAR-SE*** amb mi, Tea Stilton!

En alta mar!

Les noies van marcar el número de telèfon de l'IHI: era un número secret, que només podien utilitzar en cas d'**EMERGÈNCIA**.

A l'altre costat del fil va respondre una veu impersonal:

—Qui parla?

Paulina, en un to decidit, va **respondre**:

—Som les Tea Sisters. Volem parlar amb Will Misteri.

—Esperi's un moment, sisplau, hem de procedir a la **VERIFICACIÓ**...

Després d'uns instants de silenci, una veu masculina va exclamar:

—Sóc Will Misteri. Molt de gust, **Tea Sisters!** Tea me n'ha parlat molt, de vosaltres.

Les cinc amigues van cridar a cor:

—Hola, Will! Tea també ens ha parlat de tu... Estem al corrent de la missió que li has confiat i ens agradaria ajudar-la. Però Tea no ens ha dit on anava: ens pots donar les instruccions per al VIATGE?

Will Misteri va dubtar un moment, i després va respondre:

—És una missió molt delicada, noies. Tot i així, em penso que ja ha arribat el moment d'admetre-us al Departament de les Set Roses. Vindreu aquí, a l'IHI, i us sotmetrem a un test especial. Si el passeu, podreu col·laborar amb nosaltres. I si Tea encara no ha tornat, us podreu REUNIR amb ella.

Paulina va preguntar:

—Però... si ja som col·laboradores de l'IHI... Per què hem de fer un test?

Will els ho va explicar:

—Per col·laborar amb el Departament de les Set Roses, cal un salconduit molt personal, que es basa en l'**ADN**.*

—Però si la seu de l'IHI és a l'Antàrtida: ens faran falta uns quants **DIES** per arribar-hi! —van protestar a cor les Tea Sisters.

Will les va tranquil·litzar:

—Us organitzaré un viatge especial i molt ràpid. Aneu al port ara mateix: us hi espera una ***LLANXA***. Es diu *Rosa dels Mars*.

Les noies es van afanyar a fer maletes i

* ADN: *és el codi genètic que caracteritza tots els éssers vius.*

després van baixar corrents cap al port: un **agent** de l'IHI les esperava en una llanxa.
Sense dir ni una paraula, les va fer pujar a bord i va salpar a gran velocitat.
—L'**estrèpit** d'aquests motors és música per a les meves orelles! —va exclamar Pam.
Però l'entusiasme no va durar gaire. Així que van arribar a alta mar, la llanxa va **ALENTIR** la velocitat i es va aturar. A l'horitzó, no s'hi veia cap altra

embarcació i el cel, només el solcaven les gavines. Només se sentia el silenci... Què passava? Després, el mar va començar a BORBOLLEJAR i es va cobrir d'escuma. Entre les onades, hi va aparèixer la torreta d'un SUBMARÍ, d'on va sortir un rosegador que va dir:

—Molt de gust, noies! Sóc WILL MISTERI!

LES SET ROSES

A bord del submarí, les Tea Sisters van fer cap a la base secreta de l'IHI, on hi havia el *Departament de les Set Roses*.

Will Misteri va guiar el submergible fins a una cala amagada: allà, va prémer un **comandament** a distància i una paret, que semblava de roca, es va obrir i va deixar veure una entrada secreta.

El submarí hi va entrar i va emergir davant d'un embarcador.

Will Misteri va acompanyar les noies fins a una porta d'acer blindat. Llavors va acostar a una placa metàl·lica un penjoll de cristall en forma de rosa* que duia al coll i va dir:

—Will Misteri.

La porta es va obrir immediatament i van entrar a dins.

Will va exclamar:

—Benvingudes al Departament de les Set Roses!

Les noies van **SEGUIR** Will fins a un laboratori on es van sotmetre a un seguit de proves.

En primer lloc, Will els va examinar els iris dels ulls amb un aparell especial, després els va prendre les empremtes digitals i, a partir d'un cabell, els va fer la prova de l'ADN a totes. Al final, va inserir les dades que havia recollit en un ORDINADOR connectat a una màquina molt estranya.

Al cap d'uns instants, es va produir una resplendor, es va obrir la portella de la màquina i en van sortir cinc penjolls amb una rosa de cristall.

** El penjoll de la rosa de cristall és el salconduit oficial dels col·laboradors del Departament de les Set Roses.*

1 PROVA DE L'IRIS
2 IDENTIFICACIÓ DE LES EMPREMTES DIGITALS
3 PROVA DE L'ADN
4 PENJOLL AMB LES DADES PERSONALS DE CADA TEA SISTER!

Will Misteri els va agafar i en va donar un a cada noia. Després els va explicar:

—Aquí teniu els vostres **salconduits**. No els perdeu ni us els intercanvieu, perquè cada penjoll conté les vostres **dades personals**. Gràcies a això, us podran identificar a l'interior del Departament i tindreu accés a tots els sectors, fins i tot els més **secrets**. I, sobretot: perquè el salconduit funcioni, l'haureu d'ensenyar i pronunciar en veu alta el vostre **NOM:** la freqüència de la veu permetrà completar la identificació.

Paulina el va mirar, fascinada:

—Aquest penjoll és molt bonic i...

De sobte, un so insistent va interrompre la seva veu:

—**PIP PIIIP PIIIIIP!** PIP PIIIP PIIIIIP!

PIP PIIIP PIIIIIP! PIP PIIIP PIIIIIP! PIP PIIIP PIIIIIP!

—Però... què passa?! —va dir Will, acostant-se a un ordinador—. Ai, no! Això sí que no m'ho esperava! —va exclamar, preocupat. Després, es va adreçar a les noies:— M'he d'ocupar immediatament d'una **EMERGÈNCIA!**

Paulina li va preguntar:

—Et podem ajudar?

Ell s'ho va rumiar una fracció de segon, després va mirar les noies i va dir:

—***SEGUIU-ME!*** Entrareu amb mi a la Sala de les Set Roses!

DEPARTAMENT DE LES SET ROSES

1. Embarcador del submarí
2. Porta d'accés
3. Arxiu d'investigacions ultrasecretes
4. Laboratori de recerques
5. Passadís
6. Laboratori de Will Misteri
7. Ascensor intern
8. Sala de les Set Roses
9. Magatzem del material
10. Biblioteca

Un món en perill

Mentre CORRIEN cap a la Sala de les Set Roses, Will va explicar a les Tea Sisters:

—Noies, no em podia imaginar que em faria falta la vostra **ajuda** tan aviat...

—Que ha passat res de greu? —va preguntar Paulina.

—Malauradament, sí... i no entenc com ha pogut

passar... —Després, va afegir en un to SERIÓS:—Necessito que m'acompanyeu en una missió especial i megasecreta...

Violet va exclamar:

—Però llavors no ens podrem reunir amb Tea!

Will va sospirar:

—Tant de bo que m'equivoqui, però em temo que Tea també està involucrada en aquest assumpte.

Quan van arribar al fons del passadís, Will es va aturar i va dir a les noies:

—Em prometeu mantenir en SECRET el que veureu?

Les cinc amigues van assentir.

Llavors, Will va obrir una porta blindada i els va explicar:

—Esteu a punt d'accedir al sector més secret del nostre Departament: la SALA DE LES SET ROSES!

Les Tea Sisters en van traspassar el llindar contenint la respiració. Quin lloc més increïble!

—Aquí, hi guardem els mapes de tots els Mons

Oh!

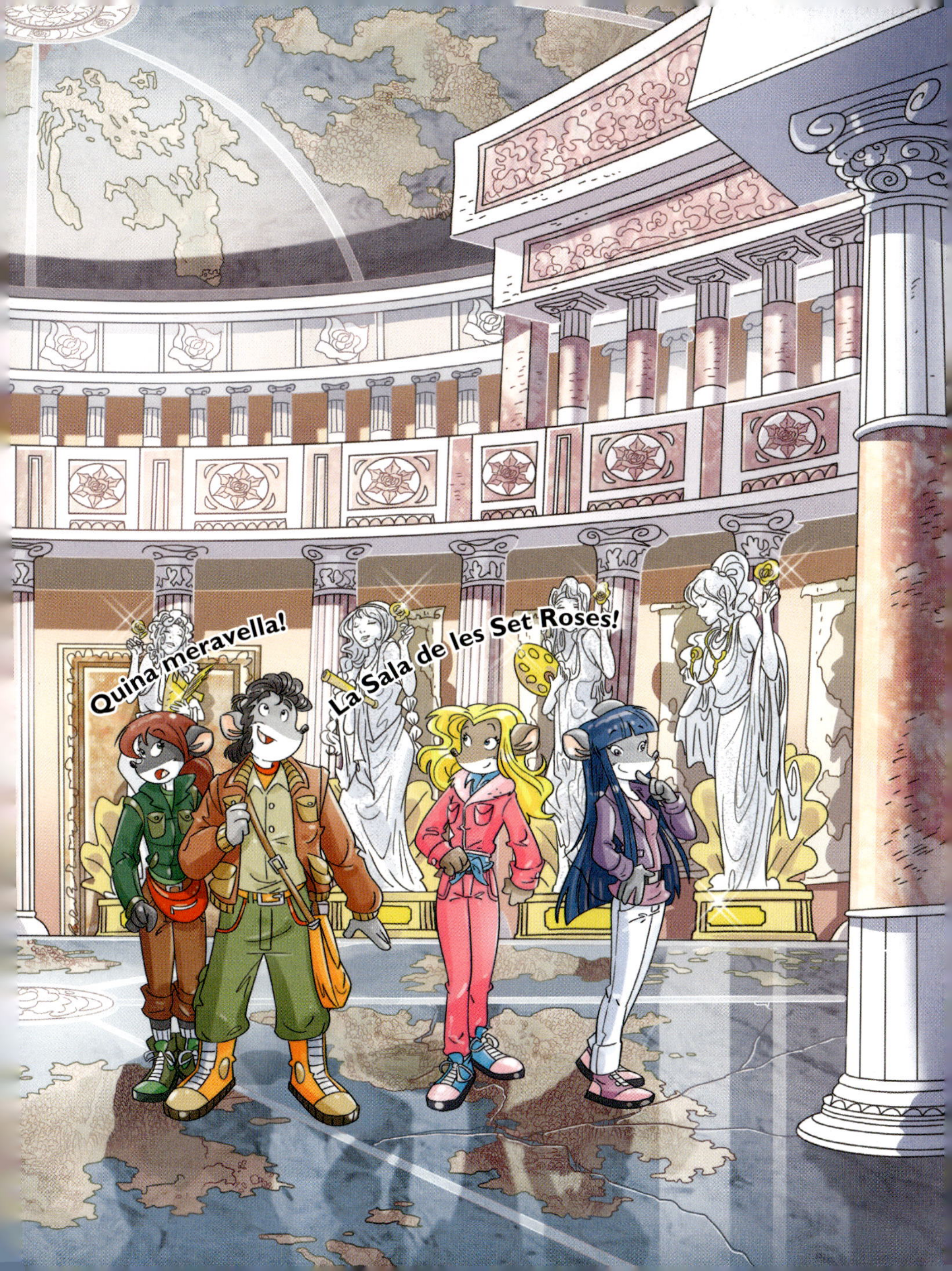
Quina meravella!
La Sala de les Set Roses!

Fantàstics que **estudiem** —va explicar Will, després de tancar la porta darrere seu.

—Quins Mons Fantàstics? —va preguntar Violet, sorpresa.

—Són els indrets on viuen els personatges de les llegendes, les faules i els contes de tots els països del **MÓN**.

Les Tea Sisters, atònites, van observar els mapes geogràfics que hi havia dibuixats a terra i al sostre.

—Cadascun d'aquests Mons Fantàstics representa la fantasia i els **somnis** del poble a què correspon —va continuar dient Will Misteri—. Però, ara, un d'aquests mons corre perill!

MÓN D'ERIN

Erin és el nom antic d'Irlanda. El Departament de les Set Roses utilitza aquest nom per indicar les llegendes i la mitologia irlandeses.

—De quin món es tracta? —va preguntar Colette, preocupada.

—Del *Món d'Erin*. Veieu aquella esquerda? —els va preguntar Will, assenyalant l'enorme fissura que hi havia en un dels mapes.

Les noies es van sobresaltar:
—I això què significa?
—Aquests mapes no són solament uns simples dibuixos que descriuen la geografia d'aquests mons: són **mapes parlants**, que canvien d'aspecte

segons el que passa als llocs que representen. L'aparició de l'ESQUERDA significa que una amenaça greu posa en perill el Món d'Erin...

—Un moment... Has dit el Món d'Erin? —va demanar Paulina, AMOÏNADA.

—Sí, per què?

—Si no m'equivoco —va respondre Paulina—, Erin és l'antic nom d'Irlanda. En el mapa que ens has ensenyat, Erin... té la mateixa forma que Irlanda!

—Doncs, sí. Tots els MONS FANTÀSTICS estan vinculats als indrets del món real on vivim nosaltres. Com que Nina estudiava les llegendes irlandeses i va desaparèixer a Irlanda, em penso que hi ha una relació entre la seva desaparició i aquesta ESQUERDA.

A la sala, s'hi va fer un silenci preocupant, fins que Pam va dir:

—Mil bieles desbielades! És a dir... que Tea està involucrada en aquest misteri!

¡HEM DE FER ALGUNA COSA!

—És per això que us necessito —va fer Will—. Heu de venir amb mi a Irlanda. Més ben dit: al Món d'Erin, per ajudar-me a ESBRINAR què hi ha passat. Així també donarem un cop de mà a Tea, n'estic segur!

Les noies van OBSERVAR Will, perplexes.

—Però, com ens ho farem per anar al Món d'Erin? —li van preguntar totes alhora.

Ell va somriure:

—Hem trobat la manera d'entrar en aquest Món Fantàstic, als confins de la realitat... Aviat ho descobrireu.

TEMPESTES ESTRANYES

Mentre les Tea Sisters estudiaven l'esquerda del mapa del Món d'Erin a la Sala de les Set Roses, jo continuava la meva investigació a Irlanda.

Estava força animada perquè havia trobat el *pub* **El Gos que passeja** sense cap dificultat.

Vaig obrir la porta i hi vaig entrar. L'interior estava immers en la **PENOMBRA**: vaig mirar al meu voltant, buscant l'agent de l'IHI, però totes les persones que hi havia assegudes a les taules semblaven clients normals.

Llavors, vaig anar al taulell, on, entre **TASSES** i **GOTS**, hi havia una safata amb una rosca acabada de sortir del forn.

Al cap d'uns instants, se'm va acostar un rosegador **pèl-roig**, que va demanar una tassa de xocolata desfeta.

EL GOS
QUE PASSEJA

—Que és de poma? —li vaig preguntar, assenyalant el pastís que hi havia a la safata.

—No, de civada. És molt típic d'Irlanda —va respondre aleshores el rosegador, sense alçar els ulls del taulell.

Era la contrasenya que havíem acordat! Havia trobat l'agent secret de l'IHI!

—Sóc Tea Stilton. Vinc de part de Will Misteri —li vaig dir, per presentar-me.

—Ja ho sé. Sóc l'agent Número 114 de l'IHI. Em dic Ted O'Malley. L'estava esperant —va dir amb una veu profunda—. Vingui, que anirem a parlar en un lloc més tranquil.

Vaig seguir aquell rosegador fora del *pub* i em va tornar a envestir una RÀFEGA de vent.

—Sempre hi ha borrasca, en aquesta zona? —vaig preguntar, embolcallant-me amb la jaqueta.

—No, fins fa poc temps, el mar sempre estava tranquil. Però fa unes quantes setmanes vam començar

a tenir unes TEMPESTES fortíssimes, com si uns terratrèmols terribles sacsegessin el fons del mar. La noia que ha desaparegut, Nina, em va dir que es pensava que les tempestes eren el senyal de la còlera del REI ONATREMOLENC...

—Ona... què?

—Onatremolenc, el rei d'Erin, el mític món submarí de què parlen les llegendes de la mitologia irlandesa... —va explicar l'home. Després, va afegir, sospirant:— Però, a hores d'ara, en aquesta zona ja no hi ha ningú que es cregui les llegendes...

—I per què s'ha enfurismat, el rei d'Erin? —vaig preguntar, cada vegada més encuriosida.

—Això és el que provava de descobrir Nina. L'únic que sabem del cert és que els TEMPORALS de vent ja fa massa que duren —va comentar O'Malley.

—Vostè què en pensa, de la desaparició de Nina?

O'Malley es va tirar el barret una mica enrere i em va mirar amb els seus ulls intensament blaus. Després va dir:

—L'última vegada que la van veure, Nina es dirigia a l'illot de les Ruïnes Antigues. És un indret sinistre: abans es deia que les pedres de les ruïnes s'havien enfosquit de TRISTESA perquè les havien abandonat...

—Per què hi anava, Nina?

—Possiblement havia trobat un material important per a la seva recerca sobre la mitologia irlandesa..., però no sé què havia descobert, exactament.

—Què li devia passar? —vaig demanar.

—No ho sé. Però sé que Nina va desaparèixer mentre explorava les RUÏNES. Per tant, hem de partir d'allà per resoldre aquest misteri! —Llavors, O'Malley es va treure un mapa de la butxaca de la jaqueta.— Miri, l'illot és aquí, a pocs quilòmetres de la costa —va assenyalar un punt del full amb el dit—. Per arribar-hi, necessitarem una barca, i ens haurem de recordar d'AMARRAR-LA ben fort quan hi arribem. Si la marejada se'ns emporta la barca, ens arrisquem a no tornar-ne mai més...

...com Nina!

Vaig apartar la mirada del mapa i vaig mirar el mar AGITAT, preocupada: una esgarrifança em va recórrer l'esquena.

Necessitarem una barca...

L'illot de les Ruïnes Antigues

Al cap de mitja hora, ja solcava les onades en companyia de l'agent O'Malley, a bord d'una LLANXA amb el símbol del Departament de les Set Roses.

—Ens en sortirem, amb aquest **vendaval?** —li vaig preguntar.

—No passi ànsia, que sóc un mariner expert! —em va respondre, mentre engegava el motor i posava rumb a mar obert.

Jo estava amoïnada pel que li podia haver passat a Nina, per això li vaig preguntar:

—Que sap si Nina hi va anar sola, a l'Illot de les Ruïnes Antigues?

O'Malley va assentir:

—Malauradament, sí. Em vaig oferir a acompanyar-la, però ella es va estimar més actuar SOLA...

No li vaig fer cap comentari, però vaig pensar que el VICI d'actuar sola era un defecte que jo també tenia.

Quantes vegades m'havia trobat en un embolic per aquest motiu! I, en aquesta MISSIÓ, també havia decidit anar a la meva, sense demanar reforços a l'IHI. Tant de bo m'haguessin acompanyat les Tea Sisters!

Capficada en aquests pensaments, no em vaig adonar que ens acostàvem a l'illot. Estàvem a punt d'arribar a la nostra destinació!

O'Malley em va indicar un punt de la costa:

—La veu, aquella caleta? Atracarem allà. Les roques ens protegiran del vent.

Quan vam arribar a l'illa, O'Malley va amarrar la barca, que es balancejava perillosament, i en un instant ja vam ser a terra ferma. Vaig donar un cop d'ull a les ruïnes: on podia ser Nina? Amb O'Malley, vam arribar al rònec portal d'un castell antic.

El vam traspassar i, tot seguit, ens va envestir una

onada de GELOR que provenia de l'interior. Ens vam intercanviar una mirada d'entesa i vam avançar silenciosament cap a un ATRI immens, amb un sostre tan alt que no en veia el final.

—No sembla que hi hagi res d'interessant, aquí —va exclamar O'Malley, IL·LUMINANT la sala amb una llanterna. Hi vaig donar un cop d'ull i em vaig fixar que hi havia una OBERTURA al terra del racó més fosc.

—Aquí a baix hi deu haver un **PASSADÍS!** —vaig dir. Ens hi vam acostar i vam descobrir una escala que s'endinsava a les profunditats de la Terra.

—Es veu amb cor de baixar-hi? —em va preguntar O'Malley.

—Som-hi! —li vaig respondre, molt decidida.

Vam baixar per l'escala, agafant-nos a la roca gelada. Al cap d'una estona, vam veure una **claror** al fons i vam sentir remor d'**AIGUA**.

Vam avançar més de

pressa i ens vam trobar una **GRUTA** que donava al mar tempestuós.

Immediatament, vam començar a inspeccionar tots els **RACONS**, a la recerca de pistes.

—Aquí no hi ha res —va dir O'Malley, després d'una primera inspecció. Però després va afegir, sobresaltat:— **Un moment! Què és allò?**

Em vaig inclinar en la direcció que m'indicava i vaig trobar un **FERMALL** de cabells en forma de conquilla.

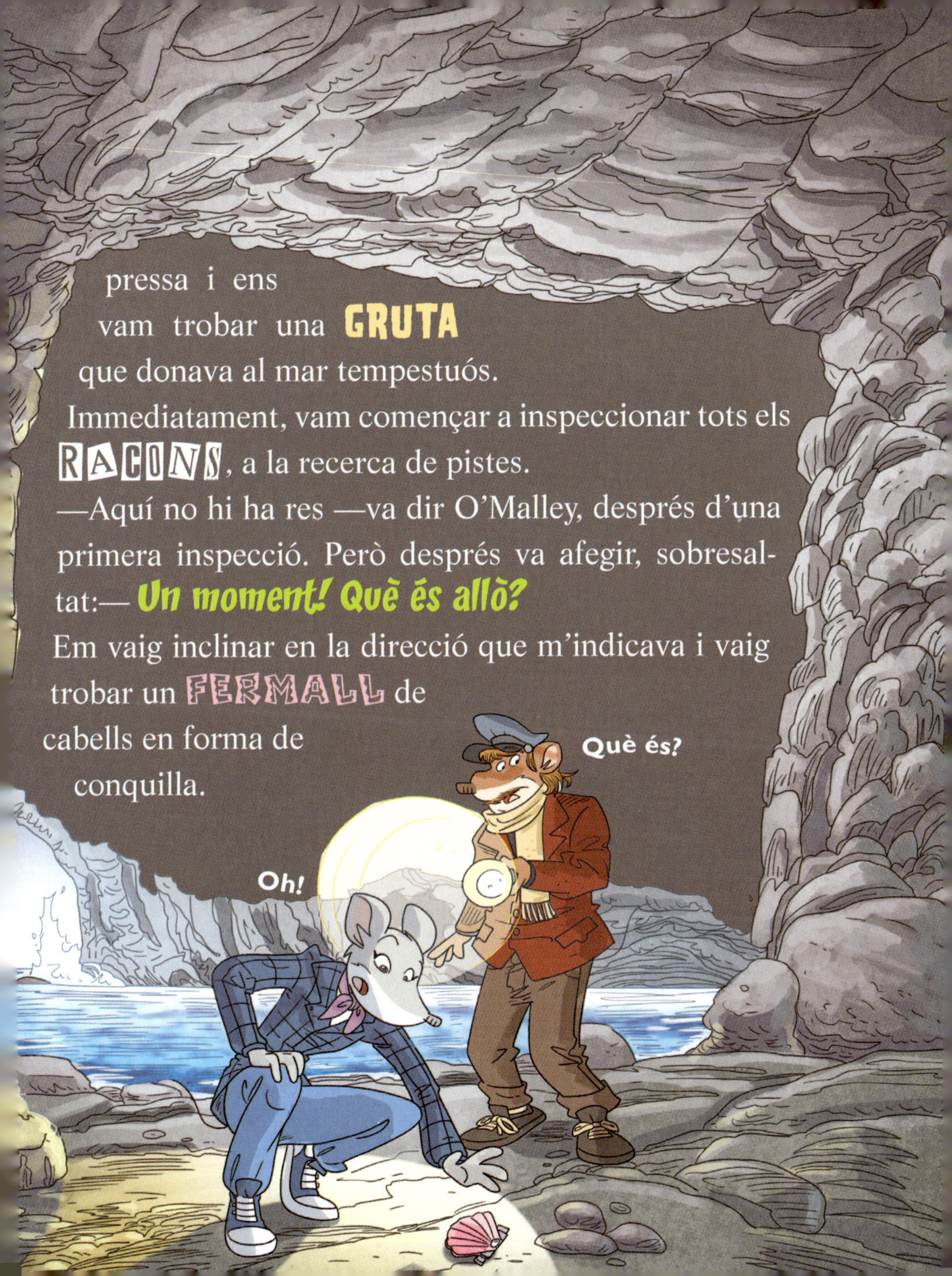

—El reconec! És de Nina! —va cridar O'Malley, emocionat.

Mentre mirava al seu voltant, em va explicar:

—Si Nina ha estat aquí, és possible que en aquesta caverna hi hagi un passatge secret... Potser es tracta del mític Passatge cap al Món d'Erin de què parlen les llegendes irlandeses!

Després va abaixar la veu i va continuar dient:

—Erin és el Món Fantàstic on, segons la tradició, viuen els personatges dels mites i les llegendes irlandesos. És una història que està al límit entre la realitat i la imaginació, però, a hores d'ara, ja no se la creu ningú.

Jo estava d'allò més emocionada.

—Però... com ens ho farem, per localitzar aquest passatge secret?

O'Malley va respondre:

—Per trobar-lo, cal encendre una FOGUERA amb fusta de ginebre.

En aquell mateix moment, em vaig fixar que hi havia un munt de branquillons en un racó de la caverna. Em vaig ajupir per mirar-los: eren de GINEBRE! Els vaig ensenyar a O'Malley, que em va comentar:

—Nina també buscava el passatge secret... Els devia portar ella, els branquillons per encendre la foguera!

O'Malley va fer una PILA amb els branquillons, es va treure una capsa de llumins de la butxaca i en va encendre un.

Així que els branquillons van començar a cremar, va succeir una cosa que ens va deixar bocabadats. A terra, es va obrir una escala, excavada a la roca, que baixava molt avall, cap a la foscor.

—És a dir, que el passatge secret existeix de debò... —va mumurar O'Malley, incrèdul.

M'hi vaig abocar una mica per veure'l més bé i em va arribar un corrent d'aire tebi, que portava les notes d'una música misteriosa que no havia sentit mai abans.

Vaig dirigir la mirada a O'Malley i ens vam entendre sense paraules: **calia baixar-hi!**

—M'hi acompanya? —li vaig demanar.

Ell va fer que no amb el cap:

—No puc. La llegenda diu que si la foguera de ginebre s'apaga, el passatge desapareix...

—I què li passa al que ha baixat?

Em va mirar amb una expressió seriosa:

—Segons la llegenda, pot quedar ATRAPAT per sempre al Món Fantàstic... Possiblement és el que li va passar a Nina!

—Doncs compto amb vostè —vaig exclamar, mirant-li els ulls fixament.

—Quan acabi la seva MISSIÓ i torni enrere, em trobarà aquí, esperant-la. Faré els possibles perquè el FOC estigui sempre encès. No passi ànsia. Vam fer una encaixada i ja no vam afegir res més.

Vaig respirar fondo i vaig embocar l'escala que baixava cap a la fosca...

Un ascensor... fantàstic!

Encara no ho sabia, però mentre jo m'**AVENTURAVA** en l'escala de pedra que em conduiria al misteriós Món d'Erin, les Tea Sisters també estaven a punt d'entrar en aquell món... ***per un altre camí!***

Després d'haver estudiat per última vegada l'esquerda del mapa d'Erin, a la Sala de les Set Roses, Will es va acostar a un edifici **ESTRANY**, rodó, amb la teulada en forma de cúpula i una porta de cristall centellejant. Es va treure el penjoll salconduit de la butxaca i va pronunciar el seu nom: la porta es va obrir immediament. Hi va entrar i va fer un gest a les Tea Sisters:

—Veniu, noies: aquest és el **portal secret** per on entrarem al Món d'Erin!

Les cinc amigues van entrar amb Will a l'interior

de l'edifici i es van trobar davant d'un ascensor transparent. Les portes es van tancar amb un fregadís i en una de les parets es va il·luminar un teclat com el dels pianos. Will va tocar les tecles amb els dits i un **so misteriós**, que les Tea Sisters no havien sentit mai, va

ressonar al seu voltant.

Era impossible descriure'l, perquè fusionava en una única *vibració sonora* el timbre de l'arpa, la flauta i el violí. Will Misteri els va explicar:

—Aquest teclat ha memoritzat les **FREQÜÈNCIES** dels Mons Fantàstics que figuren als mapes que heu vist a la Sala de les Set Roses. Quan el toques, pots arribar als indrets misteriosos on viuen els éssers de qui parlen les llegendes.

Violet va precisar:
—Llavors... és la MÚSICA, la que ens permet viatjar a Mons Fantàstics!
Will va somriure, però després, amb una expressió seriosa, els va explicar:
—Sí, és veritat. Però cal anar amb molt de compte perquè, si no compons la música adequada, et pots trobar en mons DESCONEGUTS i MALÈFICS, d'on no és possible tornar...
Les noies van sentir una esgarrifança i es van intercanviar una MIRADA silenciosa.
De sobte, a aquelles notes s'hi va afegir un cor de veus femenines, que repetien una sola paraula:

—Erin... Erin... Erin... Erin... Erin... Erin... Erin...

Erin
Erin
Erin
Erin
Erin
Erin
Erin

Al Món d'Erin

La paraula *Erin* va **ressonar** cada vegada amb més força, fins que les portes de l'ascensor de cristall es van obrir en un magnífic **prat verd**. Will els va dir:

—Benvingudes al Món d'Erin!
—És INCREÏBLE! —va cridar Paulina, fascinada.
—Quin lloc més meravellós! —va afegir Nicky, admirant el paisatge que les envoltava.
Una brisa lleugera bressolava l'herba del prat, que formava petites onades, com les de la superfície del mar. El refilet dels ocells omplia l'aire de dolces melodies.

—CAP A ON ANEM? —va preguntar Pam. Les Tea Sisters van mirar al seu voltant: només hi van veure aquell prat sense fi. Paulina va tenir una idea. Va agafar el seu SMARTPHONE per activar el GPS, però, quan va provar d'encendre'l, la pantalleta va emetre un desagradable BRUNZIT i es va apagar immediatament.

—No hi ha cobertura! —va exclamar, decebuda.

—I ara... què fem? —va preguntar Colette, DESORIENTADA.

—Tranquil·les! —va dir Will Misteri—. Abans de marxar, he agafat un mapa del Món d'Erin al Departament de les Set Roses!

Havent dit això, va desplegar un MAPA davant dels ulls de les Tea Sisters.

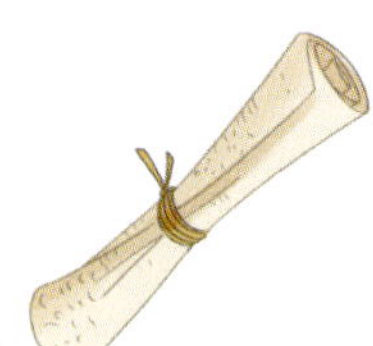

—Però, com ens ho farem per saber quina és la nostra posició? —va demanar Violet.

Will va mirar el cel. En aquell moment, els passava per damunt un estol d'ocells.

—Us suggereixo que fem cap al lloc d'on provenen aquells OCELLS —va dir, indicant un punt amb el braç estès.

—Per què? —va preguntar llavors Paulina.

—Perquè som a primera hora del matí i els ocells segurament vénen d'una zona arbrada on deuen haver passat la nit.

—I per què hem de buscar una arbreda? —va demanar Pam, sorpresa.

—Perquè des de dalt de tot d'un arbre podrem veure més lluny i buscar un PUNT DE REFERÈNCIA que ens ajudi a entendre on ens trobem. A més —va afegir Will Misteri—, també és possible que en un indret arrecerat pels arbres hi hagi un poble on puguem demanar informació.

Paulina va mirar WILL amb admiració.

Des del primer moment que l'havia vist, quan sor-

1. Pedres Parlants
2. Vall del Desig
3. Poble Golós
4. Bosc Verd
5. Gruta del Lament
6. Aiguamoll Gris
7. Bosc Encantat
8. Bolets Lila
9. Porta de Llum
10. Gorja dels Sons
11. Llac Maragda
12. Arbres Frondosos
1
2
3

Món d'Erin
12
11
10
9
4
7
8
5
6

tia tot somrient del submarí, el **cor** li bategava amb força. I, com més el coneixia, més fascinant li semblava...

La veu decidida de Nicky la va desvetllar de les seves **fantasies**:

—Decidit, doncs: hem d'anar a buscar arbres!

Mireu allà a baix!

UN CAVALL BEN MURRI

Després de caminar força estona, les Tea Sisters i Will Misteri van arribar a l'entrada d'un **BOSC** frondós. S'hi van endinsar i es van trobar immersos en un laberint d'arbres altíssims, embolcallats d'un sotabosc **ATAPEÏT**.

Will guiava el grup i avançava mirant al seu voltant amb circumspecció. Era la primera vegada que es posava en contacte amb el Món d'Erin i no sabia què en podia esperar.

Tot de sobte es van trobar en una petita clariana i una OMBRA molt grossa els va cridar l'atenció. S'hi van acostar i van descobrir un cavall amb el pelatge lluent, ajagut damunt l'herba. L'animal semblava profundament adormit.

—És preciós —va comentar en veu baixa Colette.

—M'estranya que no s'hagi adonat de la nostra presència —va observar Violet.

—És que dorm —va dir Pam.

Tota la colla, guiada per Will, va fer un moviment amb la intenció de reprendre el camí, amb molt de COMPTE per no despertar l'animal. No era gens difícil perquè la terra era tova i l'herba flonja!

Tot i així, just quan les Tea Sisters li passaven pel costat, el cavall va obrir els ulls i es va aixecar de cop.

—Alto! Qui hi ha? —va preguntar.

Tenia una veu lleugerament rasposa i els seus

Qui hi ha?
Però...
Tu parles?!

ulls daurats emetien reflexos de llum.

—PERÒ... PERÒ... TU PARLES?! —va exclamar Nicky, al·lucinada.

L'animal va obrir la boca i va deixar anar un grandiós BADALL.

—És clar que sí, sobretot quan algú em destorba el son.

—Ens sap greu haver-te despertat —va fer Nicky, molt emocionada de poder parlar amb un cavall.

—Em passa sovint..., perquè estic despert de nit i dormo de dia. Sóc un **phooka** —va explicar el cavall.

—Ens podries dir on som? —li va preguntar Colette.

—Al BOSC DELS ARBRES FRONDOSOS —va respondre el cavall, fent un gest amb el morro—. Què hi feu aquí, forasters?

—Estem de viatge —va respondre vagament Will. Després, va xiuxiuejar a les cinc amigues:— No ens podem refiar de tots els éssers que poblen els Mons Fantàstics.

»Hem d'estar sempre alerta: les aparences, de vegades, **ENGANYEN!**

Però Nicky no podia deixar d'admirar aquell cavall tan bonic: li hauria agradat tant muntar-lo!

—Vols que anem a fer un **tomb?** Puja! —li va proposar el quadrúpede, com si li hagués llegit el pensament.

Nicky es va quedar sense paraules.

—**VÉS AMB COMPTE!** —la va advertir Paulina.

Però la noia no va poder resistir la temptació i va muntar al llom de l'animal. Així que ho va fer, el *phooka* va renillar i va començar una cursa desenfrenada.

—ATURA'T! —li va cridar Nicky.

Però va ser inútil. El cavall no va frenar, ben al contrari! Nicky tenia la sensació que es divertia provant de fer-la caure de la sella.

—Frena, sisplau! —li va suplicar per enèsima vegada, quan van esquivar pels pèls un arbre.

Ell va ignorar les súpliques de Nicky i va continuar la seva temerària CURSA una estona, fins que en va tenir prou i es va aturar de cop.

Llavors, Nicky va perdre l'equilibri i va caure en un enorme bassal de FANG. El *phooka* es va petar de riure.

—A mi no em fa gens de gràcia, cavallot murri! —va dir Nicky, molt enrabiada.

Va provar d'aixecar-se, però va tornar a relliscar al fang.

El cavall va tornar a riure i va afegir:

—L'ENHORABONA, noia. Fins ara, ningú no m'havia resistit tanta estona!

Mentre era a terra, amb les mans i els peus dins del bassal de fang, Nicky es va fixar que, de l'alforja que el cavall duia lligada al coll, n'havia caigut un objecte. Era un quadern verd, amb les tapes una mica gastades i brutes de fang.

—Què és això? —li va preguntar Nicky, que el va recollir.

—El què? Ah... doncs... —va farfallejar el *phooka*, que havia perdut tota la seva fatxenderia de cop—. D'això... el vaig... agafar... als Follets Verds, que viuen a la Gorja dels Sons, prop del riu.

—Vols dir que els el vas ROBAR, oi? —va preguntar Pam, que hi havia arribat amb Will Misteri i les altres noies.

—Què? Robar, jo? Nooo! Només volia fer la guitza als **follets...** A més, segur que no és seu, perquè ells no saben desxifrar els **signes estranys** que hi ha escrits a les pàgines! El devien prendre a algú altre, aneu a saber on —va dir el *phooka*, per justificar-se. Després va fer un renill i se'n va anar al **galop**.

—El *phooka* és un cavall preciós, però també és un gran **MAL EDUCAT** —va comentar Pam, brandant el cap.

Mentrestant, Paulina havia obert el quadern.

—Que és un **DIARI?** —va preguntar Colette, traient el nas per damunt de l'espatlla de la seva amiga, que fullejava unes pàgines plenes d'apunts escrits en una tinta **ESVAÏDA**.

—Sí, em sembla que és un diari de viatge —va concloure Paulina, girant la primera pàgina.

—*Misteris d'Erin* —va llegir Violet—. Potser les pàgines d'aquest diari ens proporcionaran informació sobre el **PERILL** que amenaça aquest món!

LA PISTA MISTERIOSA

Quan Will Misteri va estudiar de prop el misteriós quadern, va tenir un **SOBRESALT** per la sorpresa.

—Noies! Però si és el diari... de Nina!

—Que no era a Irlanda, quan va desaparèixer?

—Sí, però d'alguna manera ha arribat fins aquí! —va deduir Will—. És la seva *cal·ligrafia*, no en tinc cap dubte.

—Llegiu! —va exclamar Paulina, després de donar un altre cop d'ull a les pàgines del diari—. «Onatremolenc està FURIÓS. Al rei d'Erin no li agrada que se'n burlin, i la seva ràbia fa **trontollar** el Món d'Erin».

—Onatremolenc fa trontollar el Món d'Erin... I això ha provocat l'ESQUERDA que ha aparegut al mapa de la Sala de les Set Roses! —va concloure Will Misteri.

—«El rei només es calmarà» —va continuar llegint Paulina—, «quan li restitueixin allò que és seu. Avui he descobert que els culpables del robatori són...».

—Ai, no! Han ESTRIPAT la pàgina! —es va lamentar Nicky.

—Per salvar el Món d'Erin, hem de restituir a Onatremolenc allò que li han ROBAT. Però no sabem què és ni qui és el LLADRE! —va comentar Colette, preocupada.

L'única pista que les noies i Will tenien a l'abast era el diari de Nina; per tant, tots van estar d'acord que el primer que calia fer era seguir el rastre de la investigadora. Ella els podia conduir al lladre que havia robat allò que Onatremolenc volia recuperar.

—Hem de parlar amb els Follets Verds —va proposar Paulina—. Ells tenien el diari i potser ens sabran dir on es troba Nina.

—Bona idea! —va exclamar Violet—. El *phooka*

ha dit que els Follets Verds viuen a la Gorja dels Sons, prop del riu.

Will Misteri va consultar el mapa.

—Si, tal com ha dit el *phooka*, som al Bosc dels Arbres Frondosos, la Gorja dels Sons hauria de ser allà a baix, més enllà del LLAC MARAGDA.

Nicky es va enfilar àgilment dalt d'una roca i va escrutar l'horitzó:

—Em sembla que hi ha un mirall d'aigua que brilla al SOL... Deu ser el lla...

No va poder acabar la frase: un gran terrabastall va fer tremolar la terra que els envoltava. La roca on era Nicky va TRONTOLLAR i ella va relliscar cap avall.

—Vigila! —va cridar Colette, mentre Will sortia disparat cap a la noia, per ajudar-la.

—Gràcies! —va dir Nicky, aixecant-se.

—Estic convençut que l'ha provocat Onatremolenc, aquesta tremolor... Deu estar molt enrabiat —va murmurar Paulina—. El Món d'Erin està realment en PERILL!

Les Fades del Llac

Les Tea Sisters i Will Misteri van reprendre la caminada pel bosc.

—Tant de bo Onatremolenc estigui tranquil una estona —va comentar Pam.

—Sí —va respondre Colette—. Però val més que ens **AFANYEM**. Tinc el pressentiment que no ens queda gaire temps.

Amb l'ajuda del mapa de Will, les cinc amigues van travessar el **BOSC** i, després d'una llarga caminada, van veure aparèixer la silueta del Llac Maragda.

El grup es va aturar un moment per admirar l'espectacle d'aquelles aigües verdes que resplendien com pedres precioses.

—Hem d'esbrinar **QUÈ** li han robat al rei d'Erin i **QUI** l'hi ha robat! —va murmurar Will, mentre **ESTUDIAVA** la superfície del Llac Maragda.

—Tranquil —va dir Paulina, que havia sentit les seves paraules—. Ja veuràs com ben aviat RESOLDREM aquest misteri.

Will li va fer un somriure: li agradava l'optimisme de Paulina.

L'exclamació de Nicky els va interrompre la conversa:

—Mireu! Hi ha una BARCA! Podem travessar el llac i vorejar el riu que porta a la Gorja dels Sons.

Van fer uns quants passos més cap a la riba, però, quan ja eren molt a la vora de l'aigua, els va envair una extraordinària sensació de pau.

De sobte, un cant molt suau es va difondre en l'aire; era el més dolç que havien sentit mai a la vida.

—Que també ho sentiu, vosaltres? —va preguntar Colette.

—És una música divina! —va comentar Violet. Embadalida per la música, Violet es va encaminar cap a l'AIGUA del llac, com si es disposés a capbussar-se.

Colette la va agafar per un braç, cridant:

—*Viví! Vés amb compte!*

En aquell instant, la superfície de l'aigua es va arrissar i, d'entre les onades, van sorgir tres noies bellíssimes. La primera tenia uns cabells llarguíssims del color del blat; la segona tenia una cabellera amb reflexos castanys com les FULLES DE LA TARDOR, i a la tercera li emmarcaven el rostre uns blens preciosos del color del FOC.

Vés amb compte!
És una música divina!
Ei!

UN SECRET QUE CAL CUSTODIAR

Les tres noies eren molt belles: duien unes coronetes de **FLORS** als cabells i els seus rostres resplendien entre els reflexos de l'aigua.

Els seus ulls, severs i centellejants, es van posar en les Tea Sisters i Will Misteri.

—**QUINS ÉSSERS MÉS ESPLÈNDIDS!** —va exclamar Colette, admirada.

—Sí, però hem d'esbrinar qui són i si hi podem confiar —va afegir Nicky, que tenia molt present la desafortunada experiència amb el *phooka*.

Paulina va **FULLEJAR** el diari de Nina, buscant informació.

—Ep! He trobat una cosa **INTERESSANT...**

»Aquí diu que al Llac Maragda viuen tres fades que custodien un secret...

Will va agafar el diari i va llegir:
—Nina va descobrir que per travessar el llac cal resoldre les ENDEVINALLES de les fades. A qui se'n surt, li confien un dels seus secrets.
—Endevinalles, dius? —va preguntar Pam—. Quina idea més estrambòtica! Potser és millor que busquem un altre camí per arribar a la Gorja dels Sons.
—No podem; hem de PASSAR per aquí —va explicar Will.
—Doncs no perdem més temps —va respondre Colette, que va agafar la iniciativa. Es va dirigir a les tres fades i els va dir amb veu CRIDANERA:—Bon dia! Que podem travessar el llac?
Les Fades del Llac no van respondre ni van fer cap gest que demostrés que havien entès les paraules de Colette.

—Potser no t'han entès... —va **dir** Nicky.

—Per a mi que t'han entès la mar de bé —va replicar Will, contemplant els seus rostres encesos.

Poc després, la fada dels cabells castanys va parlar:

—Qui a aquesta riba s'acostarà, **preguntes** mai no farà! Només qui el nostre enigma resoldrà, **ANAR-SE'N** d'aquí podrà.

D'entrada, les Tea Sisters i Will no van saber inter-

pretar aquelles paraules. I quan en van comprendre el significat, JA ERA MASSA TARD!

Quan Paulina va provar de moure's, es va adonar que tenia els peus CLAVATS a terra!

—No em puc moure! —va cridar.

—Jo tampoc! —va dir Nicky.

—*Què ens heu fet?!* —van exclamar, alhora, Pam i Violet.

—Qui provarà de passar... no podrà, sense abans ESCOLTAR —va dir amb cantarella la fada pèl-roja.

—Només la sagacitat el farà avançar —va afegir la fada rossa.

—L'estada UN ANY sencer durarà —va dir la fada dels cabells castanys—, si una endevinalla sense resposta es quedarà.

—Les respondrem! —va dir Will Misteri.

—D'acord! —va dir la fada rossa—. Aquí teniu la PRIMERA ENDEVINALLA...

En aquell moment, una ràfega de vent va escriure unes paraules a la superfície del llac.

Les Tea Sisters i Will Misteri es van concentrar i Nicky va tenir una inspiració:

—Crec que és la NEU!

Les cinc amigues van mirar amb ulls esperançats les Fades del Llac, però elles van fer que no amb el cap.

—Els FLOCS DE NEU, per ser més exactes —va especificar Nicky.

—CORRECTE —va haver d'admetre la fada rossa.

—Aquí teniu la SEGONA ENDEVINALLA —va dir la fada dels cabells castanys.

Novament, el vent va arrissar les aigües i va aparèixer un altre escrit a la superfície del llac.

—Aquest ja és més difícil —va afirmar Pam.

—Què hi ha que baixi però no pugi? I que tingui un llit on no s'hi pot dormir? —es va demanar Paulina.

—Neix amunt i mor al mar... Ja ho sé! És un RIU! —va exclamar Colette, satisfeta.

—CORRECTE —va dir la fada dels cabells castanys, una mica empipada.

—Molt bé! —van cridar les Tea Sisters, que haurien volgut abraçar la seva amiga.

—Aquí teniu la TERCERA ENDEVINALLA —les va interrompre la fada pèl-roja. Per tercera vegada, el vent va escriure unes paraules damunt de l'aigua.

Les Tea Sisters es van intercanviar unes mirades de perplexitat, però Will va contestar, molt segur:

—És l'AIGUA!

—CORRECTE —va dir la fada pèl-roja, sospirant.

—Molt bé! Ets fantàstic! —va deixar anar Paulina, contentíssima.

—Els enigmes heu respost amb un enginy de faula, ara ens pertoca doncs complir la nostra paraula. Lliures podeu marxar, amb un secret nou per custo-

Si busques la raó
del canviament,
no és a l'aire, ni al mar,
ni sota terra on has de mirar,
sinó al fons d'un cor descontent!

diar —va dir la fada dels cabells castanys. Després, s'hi van unir les altres dues i es van posar a cantar. Un cop van haver revelat el seu valuós secret, les tres fades es van submergir a les aigües del Llac Maragda, tot deixant a la superfície una sèrie de CERCLES concèntrics.

—Ja em puc moure! —va cridar Colette, bellugant un peu, molt contenta.

Les Tea Sisters es van abraçar, exultants d'alegria.

—Vosaltres heu entès el **significat** del secret que ens han revelat? —va preguntar Paulina.

—Més que un secret, m'ha semblat una altra endevinalla —va observar Pam—. Potser ens serà útil en la nostra investigació...

—Però a quin canviament es referien? I què vol dir això de «al fons d'un **cor** descontent»? —va preguntar Nicky.

—Sigui com sigui, som lliures! —va dir Will mentre deslligava les AMARRES de la barca.

Les Tea Sisters van pujar a bord i Will es va posar a remar. Segons el mapa, havien de travessar el llac i **RESSEGUIR** el riu, fins a arribar a la Gorja dels Sons, que és on vivien els Follets Verds. Potser allà esbrinarien on es trobava Nina...

Al cap d'uns minuts, Paulina va dir:

—Us heu fixat que quan les fades s'han tornat a submergir... tenien una expressió TRISTA?

—Sí, jo també me n'he adonat —va respondre Nicky.
—Potser se senten una mica **SOLES**, al fons del llac —va dir Colette.
Les Tea Sisters van contemplar l'aigua de color maragda: totes cinc pensaven que la **FATXENDERIA** de les tres fades era una cuirassa que amagava la seva solitud. Potser, en el fons del seu cor, a aquelles tres noies els agradaria tenir **amigues** de debò...

PRESONERS!

Després de travessar el Llac Maragda, les Tea Sisters i Will Misteri van començar a baixar pel riu amb la BARCA. Ben aviat van sentir una remor somorta que augmentava a mesura que avançaven. El CORRENT també era més fort.

—Som a prop d'una cascada! —va exclamar Will—. Val més que ens aturem i continuem a peu!

Va acostar la barca a la riba i la va

treure a terra; després, el grup va continuar vorejant el riu a peu.
Ben aviat, Will i les Tea Sisters van arribar al punt on les aigües es precipitaven formant una CASCADA escumejant. El riu s'estavellava a les roques formant una miríada de petits arcs de Sant Martí, abans de reprendre el seu curs al peu de la cascada, recorrent una gorja estreta que tancaven a banda i banda dues parets de roca.
—Mi-te-la! La Gorja dels Sons! —va precisar Paulina, indicant el canal rocós que havien excavat les aigües cristal·lines del riu.
—Voleu dir que al final del congost hi trobarem els Follets Verds? —va preguntar Violet.
—Ho ha dit el *phooka*! —va observar Colette.
—Aviat sabrem si aquest ésser tan estrambòtic ens ha dit la veritat.
—Em penso que aquell sender és el que porta a la vall —va dir Nicky, indicant un caminoi que baixava entremig de les roques.
—Vinga! Baixem-hi! —les va animar Will.

Mi-te-la! La Gorja dels Sons!

Les noies es van posar en FILA ÍNDIA i van avançar pel sender amb cautela. Alguns trams del recorregut eren molt escarpats, però Will les guiava amb seguretat.

Quan, finalment, van arribar al fons del congost, Will Misteri es va acostar al riu i va ficar una mà a l'aigua.

—Mireu, l'aigua d'Erin és LÍMPIDA com...

No va poder acabar la frase, perquè un SOROLL eixordador va tapar la seva veu.

Abans no es van poder adonar de

què passava, Will i les Tea Sisters van patir l'atac d'una multitud d'éssers amb les orelles punxegudes, que els van rodejar i lligar amb unes cordes molt llargues.

ELS HAVIEN FET PRESONERS!

Quiets!
Deixeu-me!
Vés amb com
No et moguis!

Ai!
Auxili!

A LA GORJA DELS SONS

Les Tea Sisters i Will Misteri van mirar al seu voltant. Prop seu es bellugaven frenèticament els éssers que els havien EMPRESONAT: s'afanyaven a estrènyer les cordes i a clavar més piquetes a terra. Les noies i Will van provar de deslliurar-se'n de totes les maneres possibles, però els havien lligat amb massa cordes i massa estretes.

—Ai, que m'estireu els cabells! —va protestar Colette.

Mentre Pam encara provava de desempallegar-se d'aquells éssers tan estrambòtics, Paulina i Nicky ja estaven bloquejades a terra i miraven al seu voltant buscant SOLUCIONS.

—Qui sou? —va preguntar Will, cobert de cordes.
Aquells éssers tan estranys li van respondre a cor:
—Som els Gòblins dels Sons i aquesta és la nostra terra!
—Deixeu-nos marxar! —va cridar Colette.
—Voleu la nostra MINA, però no us en sortireu! —van tornar a dir a cor els gòblins.
—Ni tan sols sabíem que hi hagués una mina. Estem de pas —va replicar Paulina.
—No us creiem!
—És veritat. No us volem fer cap MAL!
En sentir aquelles paraules, els gòblins es van allunyar una mica per xerrar entre ells.
Quan van tornar on eren els presoners, tenien una expressió més amistosa, però, així que van començar a explicar les seves intencions, es va sentir el soroll d'algú o alguna cosa que s'acostava.
Semblava el dring de molts picarols que se sobreposava a una cridòria continuada.
Quan van sentir aquell so, els gòblins es van espantar i, en un tres i no res, es van ESVAIR.

Will Misteri i les Tea Sisters no sabien per què havien fugit els gòblins, però sí que tenien clara una cosa: s'enfrontaven a un altre **PERILL!**

Mentre miraven al seu voltant, esporuguits, a les aigües del riu hi van aparèixer un grup de **canoes** que duien a bord uns éssers petits, verds i força estrafolaris.

El primer que va tocar terra va fer dues cabrioles, es va posar bé el vestit i es va acostar als presoners, seguit dels seus companys, amb un sorollós dring de **picarols**.

—Una feina molt ben feta, no es pot negar —va dir

el primer, traient-se un GANIVET de sota la roba. Colette va provar de protegir-se amb les mans:

—Què penseu fer? Que no sabeu que aquests ganivets tan esmolats són perillosos? Si em feu malbé la ROBA us...

Els nouvinguts es van intercanviar unes mirades de **PERPLEXITAT**. Un d'ells va alçar les espatlles i tota la resta el va imitar.

—Anem per feina! —va dir el primer, i va comen-

çar a tallar les cordes que lligaven les Tea Sisters i Will Misteri.

En molt poc temps van ALLIBERAR tots els presoners.

—Gràcies per ajudar-nos! Ens heu salvat! —va dir Will, posant-se dret. Després, va ajudar les noies a aixecar-se.

—GRÀCIES! M'HEU ALLIBERAT... SENSE FER-ME MALBÉ LA ROBA!

—va exclamar Colette, dirigint-se als dos personatgets verds que tenia al costat.

—No es mereixen. Els gòblins són cada vegada més prepotents. No paren d'envair el nostre territori, el dels **Follets Verds**.

—De debò que sou els Follets Verds? —va preguntar Paulina, somrient.

—Oi tant! I vivim aquí, a la Gorja dels Sons, amb els gòblins. Ells viuen prop del bosc i nosaltres a la riba del riu. Avui, els gòblins ens han **envaït** el territori per venir a pescar al riu. Nosaltres hem vingut a advertir-los que això podria tenir conseqüències... i us hem trobat a vosaltres! —va explicar un follet.

—Estem molt **contents** que hàgiu vingut. No solament perquè ens heu ajudat, sinó també perquè us estàvem buscant! Necessitem informació sobre aquest quadern —va dir Paulina, ensenyant-los el **diari** de Nina.

—Ah, el teniu vosaltres, ara? Ens el va regalar una Fada del Sí a canvi d'un sac de patates! —va explicar el follet.

—A canvi d'un **sac de patates?** —va repetir Violet.

—Doncs, sí. Les patates que cultivem nosaltres són les millors que hi ha! I com que les Fades del Sí són unes CUINERES excel·lents, sempre busquen els millors ingredients per preparar els seus deliciosos àpats —va respondre el follet.

—Diuen que són les millors cuineres del Món d'Erin! —va precisar un altre follet.

—Ens sabríeu dir on viuen les FADES DEL SÍ? —va preguntar llavors Colette.

—Farem més que això! Us hi acompanyarem! —es va oferir el primer follet que havia baixat de les **canoes**.

Els seus companys el van mirar i després li van llançar una ràfega de preguntes:

—De debò?

—Vindran amb nosaltres?

—Ens seguiran?

—Oi tant! —va respondre el follet—. Qui coneix aquesta terra més bé que nosaltres?

—Gràcies, sou molt **amables** —va dir llavors Will Misteri.

El que Will no sabia era que als Follets Verds els encanta fer de **GUIES**, però en tot el Món d'Erin, són **famosos** perquè es perden molt sovint...

NO TENEN EL MÉS MÍNIM SENTIT DE L'ORIENTACIÓ!

—Decidit, doncs! —va confirmar el follet que els havia fet la proposta.

I tots plegats es van posar en **MARXA**.

QUE ENS HEM PERDUT?

Ja feia unes quantes hores que les Tea Sisters i Will Misteri caminaven per la Gorja dels Sons seguint els Follets Verds.

—Em sembla que ja hem passat pel costat d'aquesta roca... —va comentar Colette.

—I d'aquelles tres plantes entortolligades, també! —va afegir Nicky.

—Ai! Potser hauríem d'haver girat a l'ESQUERRA després de l'última cruïlla, o potser hauríem d'haver tirat tot recte, quan hem girat a la DRETA, o potser... —va comentar el follet capdavanter del grup.

—Vols dir que ens hem perdut?

—va preguntar Pam, sorpresa.

—Amic meu, abans ens has dit que la coneixies molt bé, aquesta terra... —va dir Will.

—És clar! Som uns guies experts, nosaltres! —va dir el follet, defensant-se—. L'únic que, de vegades, ens confonem una miquetona...

—De debò que sabeu on viuen les Fades del Sí? —va insistir Pam.

—És clar que sí! Vull dir... Ens pensàvem que, tot caminant, ens en recordaríem! —va dir un altre follet.

Les Tea Sisters es van quedar sense paraules.

—I ara què fem?! —va exclamar Paulina.

El grup estava al bell mig del bosc.

Will va mirar el cel, entre les capçades dels arbres.

—Veig alguna cosa en l'aire... —va dir.

Tots van alçar la vista.

—Fum! Potser hi ha un poble, allà a baix —va suposar Violet.

—O una casa —va afegir Nicky.

—Hauríem de seguir el fum i arribar fins allà. Potser hi haurà algú a qui podrem demanar informació —va concloure Paulina.

—BONA IDEA! —va assentir Will, fent un gran somriure a la seva amiga.

Els follets també hi van estar d'acord i, alleujats de la responsabilitat d'haver de decidir el camí que havien d'agafar, van reprendre la caminada alegres i decidits, fent sonar els picarols, xiulant i cantussejant.

Paulina observava els follets i no podia evitar un somriure. Quins personatges més increïbles i originals havien conegut en aquell Món Fantàstic! I quants més en coneixerien, encara...

—Sembles capficada —li va dir Will Misteri, despertant-la de les seves fantasies.

—Pensava en la nostra missió... Aquest món és ple

Vine, Paulina!

d'**éssers misteriosos** i s'organitza segons una lògica que sovint se'ns escapa. Vols dir que trobarem Nina i apavaigarem la **còlera** d'Onatremolenc?

—Ens en sortirem, no pateixis! —va dir Will, posant-li una mà a l'espatlla.

Paulina va somriure: Will tenia el poder de *tranquil·litzar-la* en qualsevol situació... Era un amic de debò!

El grup va continuar caminant fins a arribar prop d'unes plantes que s'assemblaven a les palmeres, d'on penjaven uns FRUITS VERMELLS molt grossos.

—Palmeres, aquí? —va preguntar Colette—. Que estrany!

—Dona, hi fa força CALOR, aquí! —va observar Violet.

—Això explica la presència de les palmeres —va concloure Colette.

—Tingueu present que aquí la NATURA segueix unes normes diferents de les que estem acostumats a veure —els va recordar Will—. Som en un Món Fantàstic!

—PER MIL BIELES DESBIELADES!

JA HO POTS BEN DIR!

Mireu allà a baix! —va exclamar Pam, que caminava uns quants metres més endavant que les seves amigues.

La noia assenyalava una cosa que hi havia més enllà de les palmeres; una cosa absolutament sorprenent.

QUINA DELÍCIA!

—Mil pistons despistonats! Allò sí que és un **banquet!** —va comentar Pam, amb uns ulls com unes taronges per la sorpresa.

—Si només és una taula parada... —va objectar Nicky.

—Però fixeu-vos com està parada! —va subratllar Colette, admirant l'elegància dels **CANELOBRES**,

els gerros, les copes, la VAIXELLA i la coberteria—. L'hauríem de veure de més a prop...

—Que és la residència de les Fades del Sí? —va preguntar Paulina als follets.

Però, quan es va girar, es va adonar que els Follets Verds ja no eren al seu costat.

—On s'han ficat? —va preguntar.

—Que s'han tornat a perdre? —va dir Colette.

—És *increïble!* —va opinar Paulina.

—No ens n'hem adonat... —va comentar Nicky, gratant-se el cap.

—On deuen haver anat a parar? —es va demanar Violet—. Potser s'han ficat en un **EMBOLIC**...

—Espero que no. Són despistats i uns guies desastrosos, però, en el fons, són simpàtics —va afirmar Colette.

—Val més que comprovem si les Fades del Sí viuen aquí —va intervenir Will, mirant el cel.

Ja era última hora de la **tarda** i al cap de poc es començaria a fer fosc.

Per això es van encaminar cap a les casetes que

rodejaven la taula, demanant-se si, finalment, trobarien Nina i resoldrien el misteri del Món d'Erin. El silenci que envoltava els seus passos el va trencar un **grinyol** de l'estómac de Pam.

—Perdoneu-me... —es va disculpar la noia—. És que la taula parada m'ha despertat la **GANA!**

Per primera vegada des que havien entrat al Món d'Erin, tothom va riure a gust.

Quan van arribar a les cases, es van adonar que no hi havia ningú. Però de les xemeneies en sortia **fum** i allò volia dir que estaven habitades.

—I ara què fem? —va preguntar Paulina.

—Truquem! —va respondre Colette, acostant-s'hi.

Però, abans de trucar a la porta, va tocar la façana i va exclamar, sorpresa:

—Però si les cases són de terracota! Semblen uns **GERROS** enormes...

—Mireu quina decoració més bonica! Aquí, hi deu viure un artista —va comentar Violet, assenyalant les **flors** i les **fulles** trenades que embellien portes i finestres.

Pam es va acostar a una altra casa.

—Aquesta també està molt ben guarnida. I quina oloreta que en surt! —va dir ensumant l'aire.

Tot aquell lloc estava impregnat de perfums: pa acabat de desenfornar, cremes de llegums, truites i pastissos.

Una autèntica delícia!

Llavors, Colette va trucar a la porta.

Fins a aquell moment, les noies s'havien trobat amb éssers fantàstics de tota mena, amb un aspecte insòlit i estrambòtic. Però, ara, es van trobar davant d'una senyora baixeta i somrient, amb la cara bruta de farina.

—*Bona tarda, maca* —va dir a Colette amb un somriure.

Com que es va adonar que la noia la contemplava amb curiositat, es va netejar les llepades de farina amb el davantal.

—Perdona que no estigui gaire presentable. És que sovint t'EMPASTIFES, mentre cuines, saps?

—Cap problema! Més ben dit: perdoni si la molesto.
—Què dius, ara?! Si no em **MOLESTES**, de debò —va respondre la senyora. Després va mirar darrere de Colette.— Veig que has vingut acompanyada.
—Sí, són els meus **amics**: Pam, Nicky, Violet, Paulina i Will.
—Quins noms més bonics... Jo sóc una Fada del Sí.
En aquell moment, les altres fades van sortir de les seves casetes.
N'hi havia deu i totes s'assemblaven molt: somreien i duien atuells de cuina a les mans.
—**BENVINGUTS!** —van articular totes les fades alhora.
—Vinga, seieu a taula! Sou els nostres convidats!

Benvinguts!
Benvinguts!

Benvinguts!
Seieu a taula!
Sou els nostres convidats!

Bon PROFIT!

Pam no s'ho va fer repetir dues vegades: va agafar una cadira i es va asseure a TAULA.

Les altres noies i Will van donar les gràcies a les fades per la invitació i van seguir l'exemple de Pam.

—Que heu tingut més **convidats**, últimament? —va preguntar Colette a la primera fada.

La dona li va llançar una mirada hostil.

—Mmm... —va respondre vagament—. Sí, una noia.

—***Que encara és aquí?*** —va preguntar Paulina.

—Doncs, no... —van respondre les fades a cor.

—Potser duia... aquest **quadern?** —els va demanar Nicky, ensenyant el diari de Nina.

—És possible —va respondre una fada, amb un somriure ENIGMÀTIC.

—Quant de temps fa, que va passar per aquí? —va preguntar Nicky.

—No t'ho sabria dir. Aquí costa molt calcular el pas del temps: passa i prou. Ella també va passar i prou —va dir la primera fada, amb un vel de TRISTESA a la veu.

—Ja ho pots ben dir! I no es va voler quedar a sopar amb nosaltres. Però vosaltres sí que us quedareu —va dir la segona fada, que, de sobte, va adoptar una expressió AMENAÇADORA.

—Com dius? No, de cap manera! —va replicar Colette, que de cop i volta va sentir una necessitat imperiosa d'aixecar-se de taula.

Va provar d'alçar-se de la cadira, però alguna cosa l'hi va impedir.

L'una rere l'altra, les Tea Sisters van provar d'aixecar-se de taula, però no van poder.

Semblava que una força invisible les obligués a quedar-se assegudes.

Eren víctimes d'un encanteri de les fades!

El mateix Will Misteri va exclamar, preocupat:

—ESTEM ENGANXATS A LES CADIRES!

—Quin encanteri ens heu fet? —va protestar Pam.

—No sabeu que és de MALA EDUCACIÓ aixecar-se de taula mentre et serveixen el sopar? —va replicar una tercera fada.

—Us menjareu tot el que hem CUINAT i cuinarem per a vosaltres. Tenim provisions per a gairebé **cent anys!**

—Ai, no! —es va lamentar Paulina—. Les fades no ens deixaran marxar mai més! Hem de trobar la manera de ***FUGIR!***

UNA MÚSICA MISTERIOSA

Sense saber que les Tea Sisters i Will Misteri eren al Món d'Erin, jo també hi havia arribat i havia començat a explorar-lo.
Tot va començar quan vaig baixar els esglaons de pedra de l'escala que, com per art de màgia, s'havia obert a la GRUTA de l'Illot de les Ruïnes Antigues.
Mentre baixava, sentia cada cop més clarament les notes d'una música misteriosa, que em cridava des de les profunditats de la Terra...
Els esglaons giraven, baixaven i semblava que no s'acabessin mai. La llanterna que havia portat s'estava quedant sense piles; era molt possible que s'apagués al cap de poca estona.
Vaig començar a preocupar-me: tindria prou llum per arribar a baix de tot?

Finalment, les escales es van començar a eixamplar: la música va cessar de sobte i vaig albirar una petita claror en la llunyania.
Sentia molta curiositat per veure què hi trobaria al fons, i també estava una mica preocupada per aclarir el misteri de la DESAPARICIÓ de Nina.
«Estic segura que hi ha una explicació per a tot plegat», vaig pensar, mentre posava el peu a l'últim esglaó.
Vaig veure que em trobava en una gruta i vaig anar de dret cap a la llum, on m'imaginava que hi trobaria la SORTIDA.
Vaig fer l'últim pas i em vaig quedar immòbil: no em creia el que veien els meus ulls.
Al davant, hi tenia una autèntica porta de llum, que resplendia amb mil reflexos i no em deixava veure què hi havia fora de la caverna. Vaig respirar fondo i, amb els ulls tancats, la vaig traspassar: no sabia on em portaria, però, havent arribat a aquell punt, ja no em podia fer enrere!
La sortida!

La sortida!

Quan vaig tornar a obrir els ULLS, em vaig quedar bocabadada: allà, a les entranyes de la Terra, hi havia un BOSC meravellós, impregnat d'un intens perfum de primavera.

Tot d'ANIMALONS simpàtics i insectes de colors llampants s'empaitaven en aquell bosc tan estrany...

Havia arribat
al Món d'Erin!

És fantàstic!

UN GUIA BEN ESTRANY

Vaig mirar al meu voltant, abans de decidir quin camí agafava.

No duia cap mapa, ni res que em pogués guiar, a part de la meva INTUÏCIÓ.

Em vaig concentrar i vaig sentir alguna cosa en la llunyania: uns cops rítmics, com de MARTELL.

Qui devia fer servir un martell al bell mig d'un BOSC?

Vaig decidir esbrinar-ho i em vaig aventurar pel sender d'on semblava que provenia el soroll.

Caminava lentament, amb cautela: aneu a saber qui hi vivia, en aquell lloc tan MISTERIÓS...

Els arbres que em rodejaven eren tan alts que amb prou feines podia veure de quin color era el cel. Però, a mesura que avançava, la llum que es filtrava per les capçades es feia més intensa.

Seguia el **martelleig** continu, que cada vegada sonava més a prop, atenta a qualsevol moviment.

De sobte, entre la vegetació, vaig descobrir una cosa **ESTRANYA**...

Era el barret d'un **BOLET**, però no era un bolet normal i corrent. Per començar, era enorme i, a més, de color lila! Mai no n'havia vist cap de semblant...

El **repic** del martell provenia d'allà.

Quan m'hi vaig acostar, em vaig quedar paradíssima. Era en un bosc de bolets gegants!

Assegut en una pedra, hi vaig veure un homenet ocupat a picar el taló d'una **SABATA** amb un martell.

L'estrany personatge es va adonar immediatament de la meva presència: es va tombar de cop i em va clavar els seus **ullets** petitons i aguts com agulles.

Després, es va tornar a girar i va continuar donant cops de martell, ignorant-me completament.

Em vaig escurar la gola i em vaig presentar:

—Bon dia, em dic Tea Stilton, li volia preguntar si...

Em va interrompre tot dient:

—BON DIA, GUAPÍSSIMA!

Un pèl desconcertada, li vaig respondre:

—Bon dia! Amb qui tinc el gust de parlar?

—Dona! Que no ho veus? Sóc un **LEPRECHAUN!**

Bon dia...
Que no ho veus?
Sóc un leprechaun!

I després va afegir:
—Sóc un **FOLLET SABATER!** Què puc fer per tu?
—Busco una persona. Una noia que es diu Nina. Que l'has vista o n'has sentit a parlar?
El *leprechaun* va brandar el cap:
—No, no. Segur que no. Puc fer res més per tu?
—Em sabries **INDICAR** el camí per arribar a algun poble?
—Faré més que això! T'hi acompanyaré! —va respondre. Va guardar la sabata i el martell en una **bossa** i es va posar a caminar, fent un senyal perquè el seguís.

Els Gnoms del Bosc Encantat

Mentre seguia el *leprechaun* pel Bosc Encantat, una **sacsejada** molt forta va fer tremolar el terra.

—AUXILI! AUXILI! JA TORNA A ESTAR ENRABIAT!

Em vaig girar per provar de veure de qui parlava el *leprechaun*, però no vaig veure ningú.

Quan em vaig tornar a girar, el meu guia havia **DESAPAREGUT**. Que potser es referia a Onatremolenc, el rei de qui m'havia parlat O'Malley?

No tenia cap altre remei que continuar sola. El poble no devia ser gaire lluny, però a l'**horitzó** no s'hi veien cases ni ningú a qui pogués demanar informació.

Em vaig posar a estudiar el terreny, buscant rastres, i vaig descobrir unes petjades, però eren tan petites que, de primer cop d'ull, em vaig pensar que eren d'algun animaló del bosc. Després, me les vaig mirar més bé i em vaig adonar que no eren petjades de POTES sinó de sabates. Qui devia tenir uns peus tan petitons? Vaig decidir esbrinar-ho i em vaig posar a seguir el rastre de les PETJADES.

De tant en tant desapareixien i tornaven a aparèixer una mica més enllà. Jo les seguia, esperançada... Potser em portarien fins a algú que em podria ajudar a trobar Nina. I no m'equivocava!

Quan ja feia una estona que caminava, vaig topar amb un arbre grandiós. En vaig recórrer el tronc amb la mirada i vaig descobrir que a la base hi havia excavada una porteta. Ràpid com un batec d'ales, un ésser minúscul va treure el nas pel llindar, però, així que em va veure, va tornar a entrar dins del tronc. Semblava molt ESPANTAT. M'hi vaig acostar i vaig trucar delicadament a la porteta.

Poc després va reaparèixer aquell ésser tan petit, que amb prou feines m'arribava al genoll. Una llarga barba grisa li emmarcava la carona. Duia un BARRET vermell i unes botes molt gracioses. Cautelosament, va fer un pas endavant. M'observava amb curiositat.

—Bon dia —li vaig dir.

Em va respondre amb un cop de cap.

—Bon dia tinguis. Digue'm què vols, perquè tinc molta feina per fer. Moltíssima feina! Els gnoms som un poble molt treballador!

En aquell moment, uns altres éssers semblants van sortir dels arbres del costat i se'ns van acostar.

Em vaig asseure en una pedra perquè els gnoms se sentissin més còmodes.

—Potser em podreu ajudar. Busco una *noia*...

—Una noia? Vols dir una fada, oi?

Qui és?
Busco una noia...
Vols dir una fada?
Una noia?

Benvinguda!
Bon dia!

—No, una fada, no. Una noia com jo —vaig replicar—. Em fa por que no li hagi passat alguna cosa perquè fa molt temps que no en tinc cap notícia...

—POBRISSONA! —va dir el gnom—. Em sap greu, però no en sé res.

—Potser em podràs ajudar d'una altra manera. Saps què ha provocat la ira d'Onatremolenc, el rei d'Erin?

—Tant de bo! Per culpa seva, el vent ens fa malbé les collites. Cada vegada hem de començar de bell nou.

Els altres gnoms tampoc no en sabien res.

—Me n'he de tornar a la FEINA! —va exclamar el gnom.

—Ara que me'n recordo, sí que va passar una noia, per aquí —va dir una gnom que tenia uns ullets eixerits i curiosos.

—COM HO SAPS? —li va preguntar el gnom, sorprès.

—La vaig veure. Portava un quadern i... això —va dir, ensenyant-me una PLOMA estilogràfica.

Era negra i, al caputxó, hi havia dibuixada una pista inequívoca: el símbol de les *Set Roses!*
Era la ploma de Nina!
—Quant de temps fa que vas veure aquesta noia? Saps on va anar? —li vaig preguntar.
—Un matí va marxar amb els Guardians de Tresors... Són uns follets **COBDICIOSOS** que només pensen a acumular riqueses.
—On els puc trobar? —li vaig preguntar.
—Viuen en algun lloc de l'**Aiguamoll**

Gris. I són ells els que et trobaran a tu! —va respondre la gnom amb un somriure trist.

—No acostumen a deixar escapar cap foraster que pugui portar una mica d'or al damunt! —em va advertir un altre gnom.

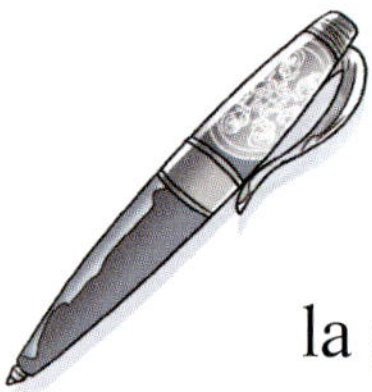

Abans d'acomiadar-me'n, amb molta mà esquerra, vaig demanar un favor a la gnom:

—Necessito la ploma. Que me la pots donar?

Era una pista important i estava segura que ensenyar el símbol de les Set Roses em seria útil, per si algú més havia trobat un altre objecte amb el mateix símbol.

Els gnoms em van tornar a fer una mirada rara.

—Oh, és que la ploma és MEVA...

—es va plànyer la gnom, estrenyent-se-la al pit.

—A canvi, et donaré això —vaig dir, allargant-li la llanterna.

La gnom va mirar la llanterna amb desconfian-

ça. Llavors la vaig apagar i encendre: sort que ja tornava a funcionar!
Aquella **demostració** va convèncer la gnom, que em va agafar la llanterna de les mans i em va donar la ploma de Nina.
—A l'Aiguamoll Gris s'hi va per allà —em va indicar un gnom.
Els volia donar les **gràcies**, però tots havien corregut a amagar-se dins de les seves cases. Em vaig posar en camí, demanant-me què hi trobaria a l'aiguamoll.

ELS GUARDIANS DE TRESORS

L'aiguamoll era un laberint de **BASSALS** d'aigua fangosa, separats per una atapeïda vegetació de plantes que enfonsaven les arrels en l'aigua.

Tot aquell paratge feia una olor *salabrosa*.

Com que m'havia quedat sense guia, havia de deci-

dir jo per quin camí tirava. Vaig mirar al meu voltant i vaig embocar un sender que costejava l'AIGUA. Tot de sobte, darrere meu vaig sentir un soroll de branques TRENCADES i de fulles seques trepitjades. I després una cosa que em va provocar una esgarrifança: una RIALLETA.
Em seguia algú, n'estava segura. Qui podia ser? Poc després vaig notar unes gotes de PLUJA que queien del cel, però... només queien damunt meu! Com era possible?

Mentre provava d'entendre què passava, vaig sentir una altra rialleta.

—QUI HI HA?! —vaig preguntar, alçant la veu—. Dóna la cara, si ets valent!

De darrere d'uns arbres van sorgir uns éssers que tenien un aspecte estrafolari i AMENAÇADOR.

No em vaig deixar atemorir.

Observant les seves espases, m'hi vaig adreçar amb educació:

—Bon dia, nobles guerrers. Què puc fer per vosaltres?

—D'això, nosaltres... som els follets Guardians de tresors —va respondre un d'ells.

Els havia trobat!

—T'ha agradat la brometa de la pluja? Oi que som graciosos? —va dir un altre.

—Ens regales tot l'OR que portes? —em va demanar un tercer.

—No en porto, d'or —li vaig respondre.

Els Guardians de Tresors em van mirar amb atenció.

Qui sou?

—Saps que em fas pensar en algú? —em va dir el primer que m'havia dirigit la paraula.

—Oi tant! Ja me'n recordo! T'assembles a la **LLADRE!** —va exclamar el segon—. Com es deia? El nom començava per N...

—*Nina?* —li vaig suggerir.

—Justa la fusta! Ens va robar l'or que custodiàvem! Ai, si l'arrepleguem! —va dir el tercer follet, amenaçador.

—Va ser culpa teva que la lladre **fugis** amb l'or —el va acusar l'altre.

—Què dius, ara?! La vas deixar fugir tu! —es va defensar l'acusat.

Els Guardians de Tresors no paraven de discutir i cada vegada estaven més enfadats.

—Us faria res explicar-me què li va passar a Nina? —els vaig interrompre, al cap d'una estona—. Heu dit que és una lladre? **Impossible!**

Els Guardians de Tresors es van quedar molt tallats; després, un d'ells va dir:

—Oi tant que és possible! Però reconec que va ser molt hàbil. Mira que enganyar el rei d'aquella manera... Li hauríem de donar l'**enhorabona!**

—No trobo gaire encertat donar l'enhorabona a ningú per un robatori —vaig replicar—. De quin rei parleu?

—**D'ONATREMOLENC, EL REI D'ERIN!** —van respondre gairebé a cor els Guardians de Tresors.

No m'ho podia creure: el robatori de l'or havia provocat la **CÒLERA** d'Onatremolenc! Però no era possible que allò fos cosa de Nina...

—És broma, oi? —els vaig preguntar.

—Ni de bon tros! Per què et penses que el rei està tan ENRABIAT? —em va preguntar un dels follets amb una rialleta maliciosa.

—Si trobes l'or, trobaràs Nina —va afegir un altre follet.

—On he de buscar?

—A casa dels qui no estan mai contents! —va respondre un tercer.

Havent dit això, els Guardians de Tresors es van dispersar pel bosc i jo em vaig quedar SOLA.

LA FADA TRISTA

Vaig reprendre la caminada demanant-me quan sortiria del LABERINT de l'aiguamoll.

Mentre avançava, em brunzien al cap les paraules dels Guardians de Tresors. Ara ja sabia què havia provocat l'enrabiada d'ONATREMOLENC: li havien robat l'or!

Però també sabia que Nina no era una lladre i, per tant, havia d'esbrinar qui era l'autèntic **responsable** del robatori. Els Guardians de Tresors havien esmentat «els qui no estan mai contents...». A qui es devien referir?

Alguna cosa em deia que si resolia el misteri del tresor ROBAT, trobaria Nina.

Estava molt capficada en aquests pensaments, quan em va semblar percebre alguna cosa en la llunyania. Vaig parar bé les orelles i vaig sentir aquell so amb més claredat: era un PLOR.

De seguida vaig pensar que es podia tractar de Nina i em vaig afanyar a seguir la **DIRECCIÓ** del lament.

Al cap d'uns minuts, vaig arribar a l'entrada d'una cova molt ampla que emmarcaven unes PLANTES GRIMPAIRES. El plor que havia sentit provenia d'allà. Vaig decidir entrar-hi. Era **FOSCA** i l'aire era fred i humit. El plor es va interrompre un instant, i jo em vaig aturar.

Però, així que va recomençar, vaig continuar avançant.
Quan gairebé havia arribat al fons de la cova, vaig entreveure una SILUETA en la llunyania.
M'hi vaig acostar una mica per provar de veure-la més bé. Semblava una noia.
—Nina? —vaig cridar.
Va continuar plorant, com si no m'hagués sentit.
—Nina! —vaig repetir, més fort i de més a prop.
La noia va aixecar el cap i em va mirar. Una esquerda en el sostre de la cova deixava passar una claror esmorteïda, just on era ella. Quan li vaig veure el rostre, em vaig adonar que no era Nina, sinó un ésser màgic, amb un parell d'ALES a l'esquena.
Em vaig quedar de pedra! Abans d'entrar al Món d'Erin sempre havia pensat que les FADES i els follets només existien en les faules o els somnis.
Ara, en canvi...
La fada em va mirar, abans de tornar a sanglotar. Llavors, provant de no espantar-la, li vaig preguntar:
—Necessites ajuda?

Aaai...

Necessites ajuda?

Com que no em va contestar, vaig afegir:

—Perdona, no et vull molestar. M'he acostat perquè t'he sentit plorar.

En sentir les meves paraules, la fada va arrencar a PLORAR de nou. Vaig avançar uns passos cap a ella, per consolar-la, però es va fer enrere i em va preguntar:

—Què vols?!

—Ja t'ho he dit: et vull ajudar. Per què plores?

Em va mirar amb aquells ulls d'un color verd tan brillant que semblaven dues maragdes. Tenien una expressió molt trista i jo pensava esbrinar per què.

—Tu no ets d'aquí, per això no saps qui sóc —va respondre la noia amb una veu melodiosa, encara que estigués esquerdada pel plor.

—És veritat —li vaig respondre—, vinc de molt lluny... i no sé qui ets.

—Sóc una Banshee, una fada del turó.

—I què hi fas, tota sola, en aquesta cova?

—El meu destí és estar TRISTA —va respondre

la fada, sense parar de sanglotar—, però no m'agrada plorar davant de tothom, per això m'amago en aquesta cova.

—**ÉS TERRIBLE!** Ningú no ha d'estar destinat a la tristesa! —vaig exclamar.

—Les *Banshees*, sí —va replicar la fada, sense poder contenir els sanglots.

Em sabia greu que patís tant, per això se'm va ocórrer una **IDEA**.

Sabia la manera de provocar-li una rialla: explicar-li un **ACUDIT!**

Tenia la impressió que la fada no havia rigut mai i potser una **GUSPIRA** de bon humor l'ajudaria. És clar que havia de pensar en un acudit que pogués entendre. M'ho vaig rumiar uns instants... i em va venir la inspiració.

—Et ve de gust escoltar una història **divertida?** —li vaig demanar.

La fada va dreçar les seves llargues orelles punxegudes i va assentir, sense parar de sanglotar.

Llavors vaig començar:

—Dos **follets** joves estudien junts. De sobte, l'un li diu a l'altre: «Saps quin és el millor lloc per estudiar?». L'altre s'ho pensa una mica i respon: «A l'ombra d'un **ARBRE** molt gros?». I el seu amic li diu: «Noooooo!!! Damunt de les ales d'una papallona! Perquè allà atrapes les coses al vol!».

D'entrada, la fada em va mirar amb una expressió impassible, però al cap d'uns instants se li va formar un **SOMRIURE** als llavis que ben aviat es va convertir en una gran **RIALLA**.

Reia molt a gust, com si fes molt de temps que esperés aquell moment.

Ara, la seva veu era estrident i omplia la cova d'un SO cristal·lí i irresistible. Em vaig unir a les seves rialles, contenta per haver-la consolat una mica.

—Gràcies —em va dir, quan va parar de riure—. No havia rigut mai, fins ara, i això m'ha omplert el cor d'ALEGRIA.

—Sempre hi ha una primera vegada, fins i tot per a les emocions noves —li vaig respondre.

Llavors, la fada es va treure el collaret de FLORS que portava al coll i me'l va allargar.

—Té, queda-te'l.

—Gràcies, és preciós —li vaig dir.

—No és un collaret qualsevol —va afegir la fada—. Si tanques els ulls i penses en una pregunta mentre inspires el perfum de les flors, t'apareixerà la resposta al pensament. Però vés amb compte: a cada pregunta que facis, les flors s'aniran PANSINT una mica, fins que ja no et podran donar més respostes. Fes-lo servir assenyadament.

—No sé com agrair-t'ho, benvolguda fada —vaig exclamar, commoguda.

Després me'n vaig acomiadar, perquè havia de continuar el meu camí, i ella em va respondre amb un somriure:

ERA EL MILLOR REGAL QUE EM PODIA FER!

No és un collaret qualsevol!
És preciós!

Comensals sisplau per força

Així que vaig sortir de la cova, vaig tocar els **pètals** del collaret de flors amb les puntes dels dits. Vaig rumiar la pregunta que havia de fer i després vaig tancar els ulls, em vaig concentrar i vaig demanar:

—Nina, on ets?

Vaig inspirar el delicat perfum de les flors i una imatge clara i nítida es va materialitzar en la meva ment.

—Nina! —vaig cridar—. Però... si estàs **EMPRESONADA!**

El collaret m'havia

mostrat Nina tancada en una gàbia d'ESBARZERS. Qui l'havia empresonat? On era?
Tot i que vaig tenir la temptació de preguntar-ho al collaret, vaig decidir esperar-me.
Algunes flors ja s'havien pansit i volia conservar la possibilitat d'utilitzar el collaret en situacions d'EMERGÈNCIA.
Em vaig encaminar cap al bosc, cada vegada més lluny de l'aiguamoll, fins que vaig sentir una olor nova en l'aire, com de fusta cremada. Vaig alçar la mirada al cel i, en la llunyania, hi vaig veure fum... Potser hi havia algú!
Vaig apressar el pas i, poc després, vaig topar amb una colla d'éssers que feien cara d'anar perduts i discutien entre ells. Eren uns homenets verds i duien penjats al coll uns picarols que dringaven amb un so cristal·lí: semblaven follets...
—És culpa teva que ens hàgim tornat a perdre! —es deien l'un a l'altre.
—Oi tant! Sempre és culpa dels altres! Jo només seguia el FUM —va replicar l'altre.

—Ah, sí? I llavors per què som aquí i no allà? —va preguntar el primer, indicant un punt del **bosc**. Finalment, un tercer follet es va adonar de la meva presència. Va donar un copet als seus amics i tots es van posar a **OBSERVAR-ME**.

—Tu també has perdut el teu grup? —em va preguntar el primer amb cara de satisfacció.

No el vaig entendre.

—Quin grup? —vaig demanar.
—Un grup d'éssers **estranys**, com tu —va dir un altre.
—Voleu dir que heu vist algú que se m'**assembla?** —vaig preguntar, encuriosida.
Van assentir.
—Doncs, sí! Hem vist un grup d'éssers pastats a tu.
—Eren dones i la **rossa** era tan guapa... —va dir un follet, amb una expressió somiadora.
—N'hi havia dues que tenien els cabells negres com el carbó, i una altra els tenia **pèl-rojos**, repartits en dues cuetes... Era un pèl estrafolària!
—Però la més estrafolària era la de la pell fosca i els **rínxols!** He! He! He!
Els follets van esclatar en una gran rialla. Però jo tenia unes altres coses al cap. La descripció que me n'havien fet corresponia a cinc rosegadores que jo coneixia molt bé. Era possible que fossin elles? Les **Tea Sisters?**
—Quantes eren? —vaig preguntar per sortir de dubtes.

Un follet es va posar a comptar amb els dits.
—Mmm... Em sembla que quatre...
—No! Eren CINC! És que no saps ni comptar! —va dir un altre—. I les acompanyava un jove amb cara de ser molt VALENT!
Sí, sembla que eren les meves cinc amigues! I anaven amb algú... Un moment! I si m'havien seguit el RASTRE, encara que els vaig dir que es quedessin a Ratford? I si s'havien posat en contacte amb l'IHI per iniciativa pròpia? En aquest cas, aquell jove devia ser... Will Misteri!
M'havia de reunir amb ells sens falta!
—Que sabeu on són, ara? —els vaig preguntar.
—Les volíem acompanyar allà a baix, on hi ha el fum, però resulta que... d'això... ens hem perdut —em va explicar el primer.
Abans que tornessin a discutir, els vaig demanar:
—Indiqueu-me el camí, sisplau.
—Vés per aquell sender! —van respondre a cor, saltironant i produint una dringadissa alegre i festiva, entre una cabriola i una altra.

En un tres i no res vaig recórrer aquell camí, i quan vaig arribar a la meva destinació em vaig quedar sense paraules.

Enmig d'un grup de CASES de terracota, molt curioses, en una taula ricament parada, hi seien les meves amigues, les Tea Sisters! I es disposaven a menjar en companyia de... WILL MISTERI!

Mentre m'hi acostava, el cor em bategava amb força per l'emoció.

—Tea! —va exclamar Violet així que em va veure.

—Sort que ets aquí! —va cridar Colette.

—Compte! No t'acostis a les cadires —em va advertir Will Misteri, amb una expressió d'alarma. Després, em va explicar per què:— Som PRESONERS d'aquesta taula! Les Fades del Sí ens hi han lligat amb un encanteri. No ens en podrem anar fins que no hàgim acabat de menjar tots els àpats que ens serveixen contínuament!

—Les Fades del Sí? —vaig preguntar—. I on són, ara?

Just en aquell moment, una veu que sonava darrere meu va interrompre la conversa.

—Bon dia, senyora meva!

Em vaig tombar i em vaig trobar al davant una doneta d'aspecte simpàtic, amb un parell d'ALES a l'esquena, que em va preguntar:

—Que és amiga d'aquesta colla tan encantadora? Hem cuinat un dinaret molt bo per a ells. Segui a taula, vostè també, sisplau.

Mentrestant, havien aparegut més fades que voleiaven per damunt de la taula servint requisits de tota mena. Però les noies i Will em van fer un gest perquè refusés la invitació.

QUINA SITUACIÓ MÉS ABSURDA!

Segui, sisplau!
És amiga seva?
Noies!

La solució

La Fada del Sí em va fer un gran somriure, però jo vaig mirar de guanyar temps. Com que no sabia com refusar la **invitació**, li vaig respondre amb una gran cortesia:

—Gràcies, amable fada, però és que acabo de dinar! No es molestin per mi...

—Què diu, ara! Segui, bonica, per a nosaltres és un plaer...

Mentre provava de mantenir a ratlla la **FADA**, vaig veure que les noies consultaven un diari.

Mentre Colette cridava l'atenció de la Fada del Sí, Pauli-

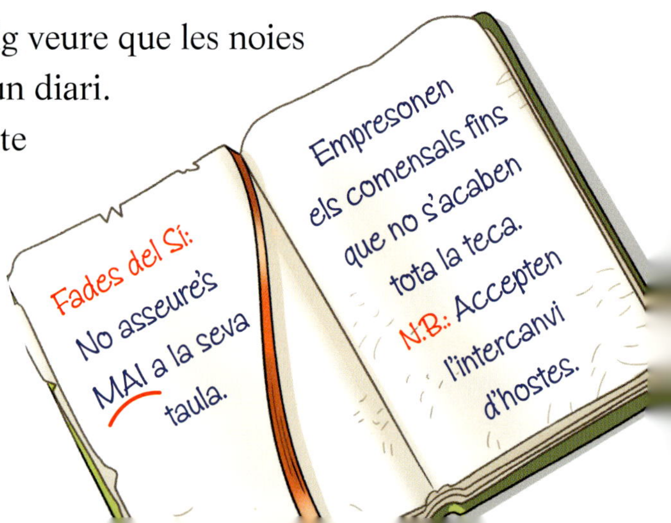

na em va ASSENYALAR una pàgina perquè la llegís jo també.
És clar! L'única solució per sortir d'aquell EMBOLIC era trobar uns altres hostes que ocupessin el lloc de les Tea Sisters i de Will Misteri.
—Se m'ha acudit una idea, noies. Ja sé qui es pot asseure al vostre lloc! —vaig xiuxiuejar a Paulina, que em va mirar amb una expressió de sorpresa.
—No el deus voler ocupar tu, el nostre lloc! —va objectar.
—No, jo no: els SIMPÀTICS guies que m'han portat aquí.
—Qui eren?
—Al bosc, hi he trobat uns éssers molt estrafolaris que duien picarols penjats al coll.
—Vols dir els Follets Verds?! —va exclamar Paulina, alçant la veu.
Totes les Fades del Sí ens van mirar.
—Assegui's d'una vegada, maca! —em va dir en un to imperiós la fada que brandava un CORRÓ de fusta.

Jo vaig fer un pas enrere i vaig arrencar a córrer cap al bosc, abans que tingués temps d'immobilitzar-me. Però em van seguir dues fades.

—ATURA'T! —cridaven.

Sort que em vaig trobar els follets així que vaig arribar al bosc.

—Amics meus! Sou aquí! —vaig expressar, molt contenta.

Em van mirar, atònits.
—Ah, eres AQUÍ! Ens pensàvem que eres ALLÀ! —em va dir un d'ells, indicant la direcció oposada al lloc d'on jo havia vingut.
—L'important és que ens hem retrobat. Que teniu gana, per casualitat?

—SÍ, MOLTÍSSIMA!

Els vaig portar fins a la taula de les fades.
—Ja podeu ocupar el nostre lloc i... bon profit!
Quan les Fades del Sí van veure que venien COMENSALS nous, es van posar molt contentes.
—*Benvinguts!* —va dir la que duia el corró a la mà—. Seieu al costat dels nostres amics!
—Em sap greu, però ens n'hem d'anar... —va replicar Colette, immediatament.
—És que no... —va provar de dir una segona fada.
—Sabem que és possible substituir els convidats i ells ocuparan el nostre LLOC —va replicar Paulina, assenyalant els follets.
—Sí! Sí! —van confirmar ells.

Llavors les fades ja no s'hi van poder oposar.

—**D'acord!** —va dir una tercera fada.

Les Tea Sisters van provar d'aixecar-se i... se'n van sortir!

VISCA! VISCA!! VISCA!!!

Però els van fer molta pena les cares tristes de les fades.

—Ens sap molt de greu no poder tastar aquest banquet tan deliciós, però hem de marxar sens falta —els va dir Violet—.

US PROMETEM QUE TORNAREM UN ALTRE DIA!

Les noies van somriure. Si més no, les fades estarien en bona companyia: els follets, que tenien molta **GANA**, es van asseure a taula i es van començar a servir amb molt d'entusiasme!

Visca!
Ens en podem anar!
Quina gana!
Slurp!
Nyam!
Que bo!

JUNTS DE NOU!

Em semblava un somni: havia trobat les noies amb Will Misteri, i ara buscaríem plegats Nina i l'or d'Onatremolenc.

Ens vam posar en CAMÍ, fent-la petar. Ens havíem d'explicar tantes coses!

—Ens vam posar en contacte amb l'IHI perquè ens pensàvem que et podíem fer falta en la teva missió SECRETA... —va confessar Nicky.

—Vau fer molt rebé, noies. Moure'm tota sola en aquest món encantat no ha estat gens fàcil. Com hi heu arribat, vosaltres? —els vaig demanar, encuriosida.

Em va respondre Will:

—Tal com et vaig dir per telèfon, Tea, encara hi ha molts projectes del Departament de les Set Roses que no coneixes. Com ara el PORTAL SECRET.

—De què es tracta? —li vaig preguntar.

—És un portal que dóna accés a dimensions **ESPACIOTEMPORALS** diferents de la nostra... com ara la dels Mons Fantàstics.

—***Increïble!*** —vaig exclamar—. No m'imaginava que les vostres recerques haguessin avançat tant.

Will va assentir i després em va preguntar:

—I tu com hi has arribat, aquí? Pel passatge secret que hi ha a l'Illot de les Ruïnes Antigues?

—Com ho saps? —li vaig preguntar a Will.

Em va contestar Paulina.

—Poc després d'arribar a Erin, vam trobar aquest diari —em va explicar allargant-me el quadern que m'havia ensenyat quan érem amb les Fades del Sí—. Són les notes que va prendre Nina a mesura que explorava aquest món. Conté moltíssimes **informacions** útils!

Vaig fer que sí: ara ho tenia tot claríssim.

—Pel que he pogut esbrinar, Nina va recórrer el Món d'Erin de cap a cap i va conèixer molts éssers fantàstics, però, malauradament, les últimes notícies que en tinc no auguren **RES DE BO...**

—Què li ha passat? En saps res? —em va preguntar Violet.

Llavors li vaig parlar del collaret de flors de la *banshee* i la imatge que havia vist.

—Han **capturat** Nina, però no sé qui.

He esbrinat que el rei Onatremolenc està furiós perquè li han robat l'OR i algú pensa que va ser la Nina.

—Onatremolenc **sacseja** el Món d'Erin perquè està enrabiat! —va explicar Will Misteri—. Per això s'ha fet l'esquerda!

Vaig mirar Will, esperant una explicació.

—A la Sala de les Set Roses, que encara no has visitat, hi tenim un **MAPA SENSIBLE** que representa tots els Mons Fantàstics.

—Un mapa sensible? I això què vol dir?

—És un mapa especial, connectat amb unes **ones magnètiques** a tots els mons que representa, i té la capacitat de donar-nos informació sobre l'estat de salut d'aquests mons.

Mentre jo me l'escoltava absolutament bocabadada, Will prosseguia la seva explicació:

—Quan les Tea Sisters eren amb mi al Departament de les Set Roses, va aparèixer una **ESQUERDA** molt estranya al Món d'Erin. Vaig comprendre que havia sorgit un perill i calia actuar immediatament, per això vaig decidir implicar les noies. Vaig pensar que ja estaven preparades per a aquesta missió!

—Ben fet! —van respondre les Tea Sisters—. Farem els possibles per SALVAR el Món d'Erin!

Estava molt orgullosa de les noies: el seu optimisme ens feia molt de bé a tots plegats!

Per completar el quadre, els vaig explicar el que m'havien dit els Guardians de tresors.

Violet es va sobresaltar:

—Ells et van parlar «dels qui no estan mai contents» i les Fades del Llac ens van aconsellar que miréssim «al fons d'un cor descontent»... Es deuen referir a la mateixa persona?

—Un moment! —va dir Paulina—. Potser al diari de Nina hi ha alguna referència sobre aquest tema. Llàstima que estigui tan malmès...

Tots ens el vam mirar i, entre les TAQUES de tinta, hi vam veure una nota subratllada que deia: «Cort... ls... ntents... Vall d... D...ig».

—Potser significa: «Cort dels Descontents», és a

dir: els qui no estan mai contents —vaig concloure.

—A la Vall del Desig! —va exclamar Paulina.

—Ets genial! —la vam felicitar totes a cor.

Mentre Will desplegava el mapa per veure on era aquesta vall, jo vaig tancar els ulls i vaig demanar al collaret que m'indiqués el camí més ràpid per arribar a la Vall del Desig. Immediatament, em va mostrar la ruta i també com era la vall. Quan vaig tornar a obrir els ulls, em vaig adonar que les noies estaven preocupades.

—Pam ha desaparegut! —va dir Colette.

—Com és possible?

—Pam! Pam! —la cridava Nicky. Però no va RESPONDRE ningú: Pam s'havia esvaït en el no-res.

—QUÈ LI DEU HAVER PASSAT?
—va murmurar Colette.

—Ho esbrinarem! Estic convençuda que hi ha una explicació lògica —els vaig dir, mirant el collaret. Vaig provar d'interpel·lar-lo, però ja s'havien pansit gairebé totes les **Flors** i no va funcionar.

Desanimada, vaig mirar Will, i ell, molt decidit, ens va dir:

—Aneu passant, jo em quedo aquí per buscar Pam. Ens reunirem amb vosaltres a la Vall del Desig!

ONATREMOLENC TREMOLA

Poc després que les noies i jo ens encaminéssim cap a la Vall del Desig, la terra va tornar a **tremolar** sota els nostres peus.

—Hem de sortir d'aquí al més aviat possible —vaig cridar a les meves amigues—. Els ARBRES ens poden caure al damunt d'un moment a l'altre!

Just en aquell moment, gairebé ens van atropellar una **COLLA** d'animalons que corrien a tota velocitat.

—Seguim-los! —va suggerir Nicky—. Segur que ells coneixen una via d'*ESCAPATÒRIA*.

Llavors vam arrencar a córrer tan de pressa com podíem, preguntant-nos si Will i Pam estaven sans i estalvis.

Passats uns minuts intermi-

nables, la **sacsejada** es va acabar; a continuació n'hi va haver una altra de més fluixa que ja no ens va espantar.

Mentrestant, havíem arribat a la sortida del **bosc**. Els arbres havien cedit el lloc a un **LLAC** bellíssim, més enllà del qual començava una vall estreta que ascendia entre els vessants de les **muntanyes**.

Vaig reconèixer aquell indret immediatament: era la imatge de la *Vall del Desig* que m'havia mostrat el collaret de flors.
—Hem d'anar cap **ALLÀ!** —vaig dir a les noies.
Elles em van mirar, confiades, i ens vam encaminar amb **PAS DECIDIT** cap a les muntanyes.

Una foguera que cal mantenir encesa

Mentre nosaltres fèiem cap a la Vall del Desig, a Irlanda, a l'Illot de les Ruïnes Antigues, l'agent O'Malley vigilava la FOGUERA. Mentre continués encesa, l'escala que s'havia obert com per art de màgia al terra de la COVA em permetria sortir del Món d'Erin un cop acabada la missió.

La tasca d'O'Malley era delicada i gens fàcil: l'agent de l'IHI estava sol i ja feia molta estona que era allà. Començava a estar cansat per la llarga vetlla

i, malgrat els seus esforços, el va vèncer un cop de son. Es va endormiscar al costat de la foguera, però al cap d'uns minuts el va despertar un soroll sord, molt fort, que provenia de les obscures entranyes de la Terra. Les parets de la cova van tremolar, però ell no es va espantar.

Va agafar uns branquillons de ginebre i va alimentar les flames que, per sort, semblava que no s'havien ressentit gaire de la sacsejada.

Al cap d'uns instants, O'Malley, més tranquil, va fer un somriure: potser ja havia passat el PITJOR!

Quan va cessar la sacsejada, el vent, que fins llavors havia bufat amb violència, s'havia apaivagat.

Alleujat, l'agent de l'IHI es va ALLUNYAR unes quantes passes per controlar la situació del mar. El que va veure li va esborrar el somriure: a l'horitzó, s'hi retallaven unes ONADES ALTÍSSIMES i al cel hi havia un castell de núvols que no prometia res de bo.

—Mmm... Aquesta calma tan sobtada no em fa gens de gràcia... —va comentar O'Malley, per a si mateix.

I no s'equivocava: al cap d'uns instants, el **vent** va tornar a bufar amb més força i una ràfega més violenta que les altres es va abatre damunt del foc i el va apagar.

—**AI, NO! NO POT SER!**—va exclamar l'agent, desesperat, quan va veure que el passatge secret que duia al Món d'Erin havia desaparegut.

Va provar de tornar a encendre el foc, però no se'n va sortir: la situació era **CRÍTICA**.

Al mar, la tempesta s'acostava cada vegada més i les ones creixien amb força.

«Aquestes onades es podrien **ABATRE** damunt de les ruïnes...», va pensar. «Si no me'n vaig ara, d'aquí a una estona potser ja serà massa tard. He d'informar immediatament l'IHI sobre el ***PROGRÉS*** de la missió...».

Va pensar en mi, que m'havia quedat **atrapada** al món de sota les onades, i es va dir:

«M'he de posar a recer, perquè, si no, ningú no sabrà què se n'ha fet de Tea Stilton i ningú no la podrà ajudar a SORTIR del Món d'Erin».

Per això, després d'haver donat una última mirada al mar, O'Malley va comprendre que ja no podia perdre més temps i que, pel meu bé i el de la missió, s'havia de posar a recer.

Es va dirigir cap a la petita llanxa amb què havíem arribat a l'illot: va pujar a bord, va amollar la corda i, amb el cor feixuc de preocupació, va salpar en direcció a la costa.

He d'informar l'IHI!

Un mal pressentiment

Ja era el capvespre quan les noies i jo vam arribar a l'entrada de la Vall del Desig. Vam començar a pujar-la i, poc després, vam albirar un **poble** en la llunyania.

—Vosaltres creieu que allà dalt hi ha la Cort dels Descontents? —va preguntar Colette.

Paulina va obrir el diari de Nina i el va fullejar.

—Nina la descriu com un grup de cabanes **ruïnoses** que hi ha poc després de l'entrada de la vall, a la riba d'un riu. Encara som lluny, però la descripció coincideix. Em sembla que és l'últim lloc que va visitar Nina abans de **perdre** el diari —va dir.

—I si el van robar els Descontents, l'**or** d'Onatremolenc? —va suggerir Violet.

—És possible, però no sabem si Nina va topar amb algú altre, aquí. Hem de buscar més pistes.

—**SOM-HI, DONCS!** —va proposar Nicky.

—Hem de ser prudents, noies —els vaig recomanar—. No sabem què ens hi trobarem, allà dalt. Si els Descontents van **ROBAR** l'or, el defensaran amb dents i ungles, i, possiblement, no tindran un comportament gaire amistós.

Les Tea Sisters van assentir i vam reprendre la caminada en direcció a la nostra meta. Mentrestant, s'havia fet de **NIT** i Nicky va improvisar unes **TORXES** amb branques. Les va encendre d'una en una i ens les va distribuir perquè totes ens hi poguéssim veure.

—**FANTÀSTIC!** —van exclamar totes les noies alhora, molt contentes.

Quan ja érem molt a la vora del poble, vam sentir un **soroll** de passos que s'acostaven.

Quan em vaig adonar que havíem caigut en una **EMBOSCADA**, ja era massa tard.

Ens havien rodejat un grup d'éssers estrambòtics, d'aspecte amenaçador. Anaven armats amb unes DESTRALS esmolades. Feien una intensa pudor de terra i eren molt robustos. Damunt dels cabells hirsuts i DESPENTINATS, hi duien unes gorres vermelles.
Vaig fer una mirada de reüll a les noies, per fer-los

entendre que calia conservar la calma, i després els vaig dir:

—Em podríeu dir qui sou?

Un d'ells em va mirar amb aire ferotge:

—Som els Gorres Vermelles i som súbdits de la Cort dels Descontents!

Un altre se'm va acostar i, amb un somriure MALÈVOL, em va dir amb veu aspra:

—Seguiu-nos! I no oposeu cap resistència, perquè no us convé!

Després es va posar en camí i nosaltres el vam seguir sota la mirada vigilant dels seus companys.

On ens porten?
No ens separem!

Per aquí, de pressa!

La Cort dels Descontents

Quan ens vam posar en camí, el cor ens batega-va al mateix ritme que els passos dels Gorres Vermelles.

Què ens deparava el destí?

Quan vam arribar a la riba del riu, el líder del grup ens va dir:

—Per aquí! —El vam seguir per un pont estret que travessava unes aigües turbulentes.

Quan vam ser a l'altre costat, mentre vorejàvem el riu, vam sentir una remor que semblava un LA-MENT que sorgia de les onades.

Què, o, més ben dit, qui podia ser?

La foscor era gairebé total, només ens il·luminava la dèbil claror de les FOGUERES que hi havia enceses prop de les cabanes.

Algunes de les barraques estaven tan malmeses que feien pena. Més endavant, vaig veure la silueta d'un edifici gran i fosc com la **NIT**.

—Mireu! Un castell! —va exclamar Nicky, quan vam ser més a la vora.

Era **HORRORÓS:** fosc i silenciós, totalment envoltat de tenebres. I els nostres segrestadors ens portaven precisament cap allà.

Un **LAMENT TRIST** ens va tornar l'atenció cap a les aigües del riu.

—Què és aquest so? —em vaig atrevir a preguntar.

Ens va respondre el Gorra Vermella que ens guiava:

—És la veu de la **Bugadera Trista**.

—Una Bugadera Trista? —vaig repetir—. I qui és?

—És un esperit **PRESONER**

de les aigües que es passa tot el temps rentant roba i plora pel seu destí.

—La gent d'aquí no gasta gaire alegria —va comentar Colette, mirant al seu voltant.

—És lògic! Som la **CORT DELS DESCONTENTS!** —va replicar un altre Gorra Vermella, indignat.

I era ben cert perquè els pocs éssers que poblaven la riba del riu tenien un aspecte **SINISTRE** i

ESPANTÓS, com els que ens conduïen al castell.

—**ENDAVANT!** Prou de xerrameca! —ens va cridar un Gorra Vermella. La meva mirada es va creuar amb la de les noies i els vaig fer un somriure per tranquil-

litzar-les. Vam caminar una mica més, fins que vam traspassar una **PORTALADA** ruïnosa.

Els Gorres Vermelles ens van conduir per un passadís **FOSC** amb les parets de pedra. Després de caminar una estona que em va semblar interminable, vam arribar a una **SALA** on algú ens estava esperant...

NOMÉS UNA...

Mentre les noies i jo arribàvem a la Cort dels Descontents, Will Misteri recorria el **BOSC** buscant Pam.

Com que ja s'havia fet de nit, ell també havia encès una torxa per il·luminar-se. I va ser gràcies a la **TORXA** que, finalment...

—Will! —va cridar la veu trasbalsada de Pam.

Ell es va girar i, entre les **TENEBRES**, va veure com s'hi perfilava el rostre de la noia. Semblava desorientada i una mica espantada.

Will se li va acostar i li va preguntar:
—Què t'ha passat? T'hem buscat pertot arreu...
—Em sap greu... —va respondre Pam, penedida—. És que he sentit una oloreta exquisida i... no sé ben bé per què, però no m'hi he pogut resistir: he anat a mirar d'on venia, sense avisar-vos!
—T'hem cridat, però potser no ens senties.
—No sé què m'ha passat, però aquells FRUITS m'atreien com si tinguessin un poder estrany. Me n'he menjat uns quants i després... primer he perdut la memòria i després el sentit de l'ORIENTACIÓ... No us podia trobar!
—Quins fruits?
Pam li va dir que la seguís.
Uns quants passos més enllà, es va aturar i va indicar a Will un ARBRE que, en la foscor de la nit, era tot just una silueta fosca.
Will el va il·luminar amb la torxa: l'arbre tenia una capçada ufanosa i unes BRANQUES nuoses. Pertot hi penjaven uns fruits de color vermell de foc, grossos i carnosos.

Pam, instintivament, va allargar el braç per agafar-ne un altre, però Will l'hi va impedir.

—Espera! Ja sé de quin fruit es tracta: són les *Baies Embruixades!* Són molt perilloses perquè t'ho fan oblidar tot... Per això has perdut la memòria i l'orientació.

—Però són tan bones... Me'n menjaré una altra, només una...

—VAL MÉS QUE NO! —va respondre Will, sense deixar de subjectar el braç de la noia.

Pam va donar un últim cop d'ull a l'arbre i després es va girar, tot exclamant:

—D'acord! Tens raó!

Will la va deixar anar i ella va tornar a mirar les baies, però aquesta vegada es va concentrar i ja no va sentir la necessitat d'agafar-ne.

—He pogut resistir l'encanteri! —va dir, molt contenta—. Gràcies, Will!

Una altra!
No!

—No es mereixen! A mi, aquestes baies ja no em fan efecte perquè al Departament de les Set Roses aprenem a reconèixer els encanteris i a resistir en cas de perill. Però vosaltres no podeu... De moment, vull dir!

Pam va fer un somriure d'agraïment a Will i després li va preguntar:

—Com estan les meves amigues? I Tea?

—Estan bé; em sembla, vaja. Les he deixat per venir a buscar-te. Però val més que ens posem en camí per REUNIR-NOS amb elles.

—Cap a on es dirigien?

—Em penso que a la Cort dels Descontents. És l'última etapa del diari de Nina.

Pam va alçar els ulls cap al cel, que ja era molt FOSC, una mica alarmada.

—No passis ànsia, que trobarem el camí —va dir Will, intuint la pregunta de la seva amiga—. Encara que sigui de nit, tinc un bon sentit de l'orientació.

Pam va sospirar, alleujada.

—M'alegra molt que m'hagis vingut a buscar. T'ho agraeixo de tot cor!

—Au, som-hi! —va dir Will, somrient i il·luminant el camí amb la TORXA.

Tots dos es van posar en camí, aclarint amb la llum de la torxa l'obscuritat que embolcallava el bosc com una capa espectral.

Van caminar molta estona perquè, de tant en tant, s'equivocaven de ruta. Però, al final, després d'una colla d'intents, van arribar a l'entrada de la *Vall del Desig*.

—Hi ha **llums!** —va exclamar Pam, assenyalant la vall.

—Potser ja som a la **CORT DELS DESCONTENTS**. No veig cap més poble per la rodalia.

—Anem-hi, doncs! —va proposar Pam.

—Espera! Abans hem d'establir un pla —va suggerir cautament Will.

—Un pla?

—Sí! No sabem quina és la situació, allà: si tenim en compte el seu nom, els Descontents podrien ser uns éssers poc amistosos. I no tenim ni **idea** de com han acollit Tea i les altres... —Will va reflexionar uns instants i després va dir:— Primer de tot, apagarem la torxa i provarem d'acostar-nos al poble sense fer **soroll** perquè no ens descobreixin!

—Així, si Tea i les altres es troben en un mal tràngol, les podrem ajudar —va concloure Pam.

—Justa la fusta! Hem d'estar preparats per a qualsevol **EVENTUALITAT**.

Havent dit això, Will va apagar la torxa i va murmurar:
—No em deixis de **petja**, Pam, així no correrem el perill de perdre'ns.
La noia no va respondre, però Will sentia com avançava en la **FOSCOR**, darrere seu.

El Gran Descontent

Mentrestant, les altres noies i jo havíem entrat a la gran sala del tron, que estava completament a les fosques.

—**ENDAVANT!** —va pronunciar amb veu ferma una figura imponent, asseguda en un gran tron. Com que cap de nosaltres no es va moure, un dels Gorres Vermelles em va empènyer amb una llança.

—**Que... mal educats!** —em vaig queixar mentre avançava unes quantes passes.

—Qui sou? —va preguntar aquell personatge gros i sorrut, esclatant en una rialla sorollosa.

Després es va posar dret: era enorme, gran com una **muntanya**, i també molt pesant, tenint en compte el soroll que feien les seves passes.

Quan me'l vaig trobar al davant, vaig alçar el cap

Endavant!
Què desitgeu?

per mirar-me'l més bé i em vaig creuar amb la seva mirada, FOSCA i DESPIETADA: havíem trobat el rei dels Descontents.

—Què desitgeu de nosaltres, Majestat? —li vaig demanar en un to amable però ferm.

—Sóc jo qui fa les preguntes —em va replicar amenaçadorament.

—Com vulgueu —li vaig respondre, amb calma. Era evident que em volia espantar amb les seves maneres rústegues.

—Sóc el GRAN DESCONTENT, el sobirà d'aquesta cort. I ningú no pot venir a xafardejar al meu regne sense el meu consentiment —va retrunyir.

—Nosaltres no xafardejàvem! —va replicar Nicky.

—I, a més, érem molt lluny del vostre regne —va afegir Paulina.

—DE DEBÒ? —va fer, mirant els seus guàrdies. Van fer un pas enrere i un d'ells va dir:

—No, no eren al regne, però eren a la frontera, per això...

—Sigui com sigui, no hi vull **FORASTERS**, aquí, sobretot si són uns éssers estranys d'altres mons!

Llavors, vaig intervenir jo:

—Busquem una *noia*, i no ens n'anirem fins que l'hàgim trobada.

—I què us fa pensar que és justament aquí, **AQUESTA... NOIA?** —va demanar el rei.

—Que no hi és? —li vaig respondre.

—No m'agraden els que responen una **pregunta** amb una altra **pregunta**.

—Estem convençudes que és aquí —vaig insistir jo.

—És a dir, que heu vingut a buscar **UNA NOIA...** Entesos. He decidit acontentar-vos, perquè avui em toca ser generós. Oi que sí, súbdits fidelíssims?

Tots els Gorres Vermelles van exclamar a cor:

—SÍ!!!

I el sobirà va fer un somriure complagut.

Les noies van deixar anar un sospir alleujat. Però jo

encara no em refiava del Gran Descontent. L'havíem convençut amb massa **facilitat**.

Quan vam arribar al lloc on ens portaven, vaig comprendre que les meves **SOSPITES** estaven fonamentades!

Ens havien conduït al pati del castell, on hi havia una **FOGUERA**, i les seves flames sinistres il·luminaven el rostre d'una noia... una noia presonera en una **GÀBIA D'ESBARZERS!**

Nina!

I ARA, QUÈ?

—Nina! —vaig cridar.

La jove rosegadora em va mirar i els ulls se li van il·luminar de cop.

—Em coneixes? —va preguntar, sorpresa.

M'hi vaig acostar tant com vaig poder, seguida de les noies.

—Em dic Tea Stilton i elles són les Tea Sisters. Fa poc que col·laborem amb el Departament de les Set Roses... —vaig murmurar, ensenyant-li el penjoll de cristall en forma de rosa—. Will Misteri estava molt preocupat per tu, per això t'hem vingut a buscar.

Després em vaig dirigir al rei:

—Per què l'heu empresonada, Majestat? Això que heu fet és molt lleig!

—Jo no faig coses boniques —va retrunyir, com a tota resposta.

I després va afegir:— Sóc el Gran Descontent, governo la TRISTESA i la DESIL·LUSIÓ!

—Allibereu immediatament aquesta noia! —va exclamar llavors Colette.

—Faré una cosa molt millor, maca —va respondre el rei—. Com que veig que us hi enteneu tan bé, us faré PANSIR al seu costat... en aquesta presó!

—Com dieu?! —vaig preguntar.

—M'has entès molt bé. I vosaltres, afanyeu-vos! —va ordenar als guàrdies—. Construïu una altra gàbia de seguida!

Uns Gorres Vermelles es van posar a teixir una GÀBIA mentre els altres ens apuntaven amb les LLANCES. Era una SITUACIÓ ABSURDA: havíem trobat Nina, però també acabaríem tancades en una gàbia!

I, en efecte, al cap de poc, ens hi van tancar.
—No en podreu **SORTIR** mai més —ens va explicar el rei, cruelment—. Les tiges estan trenades de manera que és impossible desfer-les des de dins.
—Després va esclatar en una rialla **malèvola** i va afegir:— Sereu les meves presoneres... per sempre més!
I, havent dit això, se'n va anar.

ESTÀVEM ATRAPADES!

Vaig pensar en Will Misteri i Pam: si ens havien seguit el RASTRE, potser ens podrien ajudar.

—Em sap molt de greu... —va dir Nina, sospirant.

—No te'n sàpiga, no és culpa teva —li vaig respondre.

—Que sí! Si no m'haguéssiu vingut a buscar, no us hauríeu ficat en aquest embolic!

—Estem molt contentes d'haver-te trobat. No pateixis, que estic segura que juntes trobarem la manera de sortir d'aquesta situació tan... PUNXEGUDA!

Les noies van somriure i Nina també.

—Com heu descobert on era? —ens va preguntar llavors.

—Hem trobat el teu diari —va dir Paulina, ensenyant-l'hi.

 ¿ARA, QUÈ?

—Està una mica **MALMÈS**, la veritat —va comentar Violet—. Però ens ha estat molt útil per arribar fins a tu.

—Però no hem entès per què vas venir a la Cort dels Descontents —va afegir Colette.

Nina va fer una **LLAMBREGADA** al Gorra Vermella de guàrdia, que s'havia adormit i **roncava** com un búfal.

—Ara us ho explico —va dir.

Una ajuda molt valuosa

Mentrestant, Pam i Will Misteri s'havien endinsat en la vall i havien arribat al riu.

Havien trigat més estona de la prevista, perquè la foscor els havia desorientat, però ara ja estaven segurs que les aigües del riu els guiarien fins a la Cort dels Descontents.

—Si sabéssim del cert on són Tea i les altres... —va començar a dir Pam.

—Escolta! —la va tallar Will, parant l'orella—. Sento alguna cosa.

Pam es va concentrar, però no va sentir res. Llavors, Will es va dirigir a les aigües del riu entonant una

CANÇÓ incomprensible. Pam l'observava cada vegada més sorpresa, sense entendre què passava. Però, poc després, ella també va sentir un so que semblava un lament d'una veu femenina.

Tot de sobte, l'aigua del riu es va agitar i va SORGIR a la superfície un rostre que amb prou feines si es distingia en la foscor. Però tenia una veu forta i clara.

—Què passa, Will? —va preguntar Pam.

—Hem trobat un Esperit de les Aigües, una Bugadera Trista. M'ha preguntat què hi fem aquí... i l'hi he dit. Ens vol ajudar!

—Però... com t'ho fas per entendre la seva llengua? —va preguntar Pam, meravellada.

—Al Departament de les Set Roses estudiem els llenguatges dels éssers dels Mons Fantàstics. Són com **llengües estrangeres**, ni més ni menys —li va respondre Will.

Llavors, Pam li va demanar:

—Que ens pot dir on són Tea i les altres noies, aquest ésser?

Com t'ho fas per entendre-la?
Ens vol ajudar!

Will va tornar a cantar i de les aigües del riu en va arribar la resposta.

—Diu que els Gorres Vermelles han passat per aquí amb un grup d'éssers insòlits.

—I on els han portat?

—A un castell en ruïnes... que és la seu de la Cort dels Descontents.

—És a dir, que Tea i les altres estan empresonades! —va exclamar Pam, alarmada.

—Em fa por que sí. L'Esperit ens recomana que anem amb molt de compte i que no seguim el curs del riu perquè no ens capturin a nosaltres, també.

—Quin Esperit més amable!

—Sí, hem tingut molta sort.

Will va entonar una última cançó i les GORGUES de l'aigua es van dissoldre de la mateixa manera que s'havien format.

Després va mirar Pam i li va dir:
—He donat les gràcies a la Bugadera Trista per haver-nos ajudat i s'ha tornat a submergir. Ja ens en podem ANAR.
Pam va observar, admirada, Will, i, a continuació, tots dos van reprendre el camí.
Van avançar amb pas segur en la nit, procurant no fer soroll, fins que van arribar al poble. La cort, les cabanes i el castell en ruïnes semblaven immersos en el silenci. Era molt possible que tots dormissin en aquella hora.
—Creus que hi ha SENTINELLES, al castell? —va preguntar Pam.
—M'imagino que sí —va respondre Will—. Ens hi hem d'acostar sense que ens descobreixin.
Avançant amb cautela, van fer la volta a les muralles, que il·luminaven unes torxes escampades aquí i allà, fins que van arribar prop de l'entrada del castell. De sobte, van sentir clarament uns roncs desaforats.
—Per mil bieles desbielades! —va queixar-se Pam—.

Vés amb compte!

Potser hem topat amb un sentinella que s'ha adormit!

S'hi van dirigir, procurant passar **DESAPERCEBUTS**. Poc després, al pati del castell van descobrir dues **GÀBIES ENORMES** fetes amb esbarzers... Eren les gàbies on ens havien empresonat a nosaltres!

El relat de Nina

Nina ens estava explicant el que li havia passat.

—Will Misteri em va demanar que fes una recerca sobre el mític Món d'Erin, per perfeccionar el MAPA dels Mons Fantàstics que hi ha a la Sala de les Set Roses. I em vaig posar a estudiar tot el material disponible que vaig trobar a la biblioteca del Departament. Fullejant uns documents de l'arxiu, vaig llegir que a Irlanda hi havia un passatge que portava al Món d'Erin. Jo en dubtava: com era possible que existís un **pas que comuniqués** el món real amb un Món Fantàstic? Si la informació era certa, hauria revolucionat tots els nostres descobriments perquè, fins a aquell moment, estàvem convençuts que només el nostre portal secret permetia l'**ACCÉS** als Mons Fantàstics.

Per això vaig decidir fer un viatge a Irlanda, per verificar aquella informació sobre el territori.

—Com vas DESCOBRIR on era el passatge? —li va preguntar Paulina, encuriosida.

—Vaig fer una recerca entre els mariners i els habitants més ancians dels poblets de la costa. A Dunmore East, em van explicar una llegenda interessant que parla d'una escala misteriosa que s'obre en una roca de l'Illot de les Ruïnes Antigues. Me n'hi vaig anar i...

—És la mateixa escala per on vaig baixar al Món d'Erin! —vaig exclamar llavors.

—Et felicito per haver-la trobat, Tea! —em va dir Nina.

—Me la va indicar Ted O'Malley, l'agent de l'IHI amb qui em vaig trobar a Dunmore East. Espero que encara sigui a l'illot, mantenint encès el FOC...

Nina va reprendre el seu relat:

—Un cop vaig arribar aquí, vaig descobrir molts secrets d'aquest món, sobretot de la cort del rei Onatremolenc. Però no em vaig adonar que la informació que anava aplegant podia despertar l'interès d'algú...

—Algú... com ara els Descontents?

—Exacte!

—I és per això que estàs EMPRESONADA aquí? —va demanar Violet.

—Sí, però, malauradament, hi ha més coses —va continuar dient Nina en un to cada vegada més trist—. Quan els Gorres Vermelles i els Grans Descontents em van capturar, em van exigir que els revelés tota la informació. Ho vaig fer, pensant que així em deixarien anar. Però quan els vaig parlar de les riqueses que es custodiaven a la cort del rei ONATREMOLENC, es van tornar molt cobdiciosos de cop, perquè desitjaven el TRESOR del rei.

—I què van fer, després? —van preguntar alhora Nicky i Colette.

—Utilitzant la meva informació, els Descontents van esperar el moment oportú i llavors van ROBAR el tresor d'Onatremolenc.

—Hi ha una cosa que no entenc. Ara que ja tenen el tresor, per què no et deixen anar? —va demanar Colette.

Nina va sospirar.

—Volen que els **ajudi** a marxar del Món d'Erin.

—I per què se'n volen anar de casa? —li vaig preguntar, sorpresa.

—Perquè volen gaudir del tresor lluny d'aquí i de qui el vol recuperar.

—**ÉS HORRORÓS!** No em vull imaginar els Gorres Vermelles voltant pel nostre món sense ningú que els aturi! —va dir Nicky.

—Hi ha el perill que es trenqui l'equilibri entre els mons... i que es formi una **ESQUERDA** impossible de reparar!

—És per això que al mapa de la Sala de les Set Roses s'hi ha obert una gran **ESQUERDA!** —va exclamar Paulina.

Vam explicar a Nina de què parlàvem i també la vam posar al dia de l'**ESTRANYA** desaparició de Pam.

Es va quedar molt preocupada, però jo la vaig tranquil·litzar: estava segura que Will i Pam arribarien aviat i ens SOCORRERIEN. I, just en aquell moment, vam sentir un soroll.

ERA DE PASSOS!

Bon dia!

El soroll de passos se sentia més a prop, però encara no vèiem ningú. Tots nosaltres manteníem un silenci absolut, que de sobte va trencar un murmuri:

—Noies...

Vaig reconèixer immediatament la veu de Pam: ella i Will ens havien vingut a alliberar!

Quan Will va veure Nina, el rostre se li va il·luminar de felicitat:

—Nina! Per fi t'hem trobat! Estàs bé? —li va preguntar, amb aprensió.

—Sí, Will. Estic bé, tranquil. M'alegra molt que hàgiu vingut, però pensa que els Gorres Vermelles es despertaran molt aviat —va dir Nina en veu baixa—. Sempre s'apleguen a l'ALBA per anar a caçar. Abans de marxar fan una ronda de vigilància pel poble i després deixen dos sentinelles de guàrdia.

—Us heu d'amagar ara mateix!

—vaig exclamar—. Quan hi hagi via lliure, ja rumiarem la manera de fugir!

Pam i Will es van esvair entre les OMBRES... just a temps! Perquè el Gorra Vermella de guàrdia començava a obrir els ulls.

—Bon dia! Has dormit bé? —li va preguntar Nicky en un to de veu estrident.

L'ésser li va dirigir una mirada somnolenta i després va badar la boca per fer un badall gegant i li va etzibar, descontent:

—He dormit fatal, com sempre...

—Que ens pots donar AIGUA? —li va demanar Nina.

El sentinella, esbufegant, es va treure de la butxaca

un petit corn i el va bufar. Al cap de pocs instants, va arribar un altre Gorra Vermella, arrossegant els peus.

—Que aquestes **VOLEN BEURE!** —li va dir. El segon Gorra Vermella va desaparèixer i va tornar poc després amb un gerro d'aigua. En vaig fer un glop, però el vaig escopir... **TENIA UN GUST FASTIGÓS!**

—Normal! Aquí tot és dolent, fins i tot el gust de l'aigua... —va dir el Gorra Vermella que ens havia portat la beguda.

—Ei, tu! Envia'm algú per rellevar-me, que ja n'estic fart, d'estar aquí —va RONDINAR el que estava de guàrdia.

L'altre no li va respondre, però va arribar un tercer Gorra Vermella per vigilar-nos que també RONDINAVA.

—No entenc per què em torna a tocar a mi! He estat de guàrdia fins fa poc i ara... tornem-hi que no ha estat res! No hi ha dret!

NO ESTIC
CONTENT!!
NO ESTIC
GENS CONTENT!!!

En aquell moment, vaig pensar que no hi havia cap nom més apropiat que «Descontents» per designar uns éssers que es passaven tota l'estona queixant-se i eren incapaços de veure la part bona de les coses.

El cel es començava a aclarir lentament i vam albirar uns grups de Gorres Vermelles que s'ALLUNYAVEN per anar a caçar.

La Cort dels Descontents es buidava i allò era un avantatge per a nosaltres.

Se'n van!

UNA AJUDA... QUE BAIXA DEL CEL!

Quan els Gorres Vermelles van ser prou lluny, Pam i Will van sortir de l'**amagatall** i van venir on érem nosaltres.

Així que el guàrdia es va adonar de la presència dels dos intrusos, es va aixecar i els va apuntar amb la **LLANÇA**.

—Alto! Quiets! —va cridar—. Qui sou? Què voleu?

—ALLIBERA LES NOSTRES AMIGUES IMMEDIATAMENT! —li va exigir Will.

El Gorra Vermella li va fer una mirada de desafiament, i després li va respondre:

—Són a la gàbia, i a la gàbia es queden. Sabeu què faré? Us hi tancaré a vosaltres, també; així us fareu **companyia!** —I va avançar cap a Will i Pam amb un aire amenaçador.

Però, en aquell moment precís, Will va entonar un reclam en uns tons molt especials: primer molt agut i després greu. D'improvís, centenars d'ocells es van aplegar damunt nostre, volant en cercle per sobre dels nostres caps. Eren tan nombrosos que van tapar completament la llum del SOL. Davant d'aquell espectacle, el Gorra Vermella es va posar

PÀL·LID de la por i va fugir corrents. Els ocells van baixar cap a nosaltres i, tija rere tija, van desnuar les bagues de la xarxa de les gàbies amb el bec i ens van alliberar.

No havia vist mai res de tan sorprenent!

—Però... com t'ho has fet? —va preguntar Paulina a Will, quan es va refer de la SORPRESA.

—He demanat als ocells que ens ajudessin i ells ho han fet encantats —li va respondre, tan tranquil. Després, en veure la nostra expressió desconcertada, va fer un somriure divertit i va afegir:

—Tal com ja he explicat a Pam, al Departament de les Set Roses estudiem els llenguatges de tots els éssers dels Mons Fantàstics, per poder-nos COMUNICAR amb ells. I, ja que sóc aquí, aprofito per fer pràctiques «de conversa».

Nina va fer un somriure de complicitat, mentre Paulina exclamava admirada:

—Will... has estat fantàstic!

—Però si no he fet res, tot el mèrit és d'ells! —li va respondre, mirant cap al cel.

Has estat fantàstic!

GRÀCIES, AMICS!

Va semblar que els ocells del Món d'Erin l'entenien i van començar a fer unes ACROBÀCIES meravelloses al cel. Tots els vam mirar emocionats: era un espectacle increïble!

Em sabia greu interrompre la màgia d'aquell moment, però se'ns acabava el temps. Havíem de recuperar el TRESOR i restituir-lo a Onatremolenc, abans no fos massa tard. Per això els vaig retornar a la realitat un pèl bruscament:

—Au, va, espavilem-nos, que ja és hora de reprendre el camí!

COM ABANS TROBEM EL TRESOR, ABANS ES CALMARÀ ONATREMOLENC!

—Jo sé on l'han amagat —va respondre Nina, ràpidament—. No podem perdre més temps. Els Gorres Vermelles tornaran d'aquí a un parell d'hores i, per això, tan bon punt hàgim recuperat el tresor d'Onatremolenc, ens convé allunyar-nos tant com sigui possible d'aquí. Veniu, de pressa!
Tots la vam seguir cap a l'interior del castell en ruïnes.

PER FI EL TRESOR!

Nina ens guiava per l'interior del castell, que estava completament DESERT. No s'hi havia quedat ningú de guàrdia! Era evident que el Gran Descontent se sentia molt segur del lloc on custodiava el tresor.

—Com és que saps on està AMAGAT el tresor? —va preguntar Pam a Nina.

—Un dia, un dels Gorres Vermelles que estava de guàrdia i em vigilava es va enrabiar amb els seus companys perquè no venien a rellevar-lo. I va començar a protestar i a queixar-se i, mentre ho feia, em va explicar una pila de coses...

—I... et va revelar on era el tresor? —va preguntar Colette, sorpresa.

Nina va assentir.

—Estava convençut que no aconseguiria FUGIR mai.

—Sort que es va equivocar! —va comentar Pam.

Al cap de poc vam arribar a un saló que ja coneixíem: **el del tron!**

—És aquí, el tresor? —va preguntar Nicky, curiosa.

—Sí, allà sota —va respondre Nina, indicant un punt que teníem al davant.

—Com s'entén, això? Vols dir sota el tron? —va demanar Colette, incrèdula.

—No el podrem moure mai de la vida! —va fer Violet—. És de pedra i **PESA MOLTÍSSIM!**

Em vaig acostar al tron i el vaig tocar: la pedra no era freda i era extremament porosa. Vaig tenir una inspiració sobtada: era **PEDRA TOSCA!**

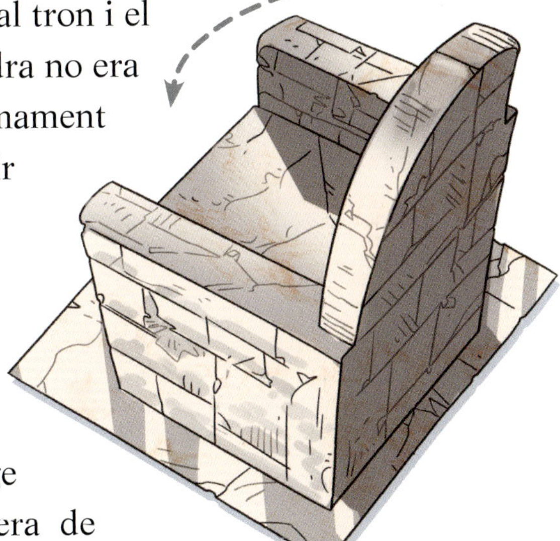

Fa temps vaig fer un reportatge sobre una pedrera de

pedra tosca i vaig esbrinar que era un tipus de pedra que tenia unes propietats EXTRAORDINÀRIES.

—Tranquils, que ja sé com mourem el tron! —vaig exclamar.

Tots em van mirar, esperant que expliqués la meva idea, però jo em vaig limitar a posar les mans damunt de la pedra i a EMPÈNYER amb força.

El tron es va moure en un instant.

—Com t'ho has fet? —em va preguntar Pam, incrèdula.

Vaig somriure:

—És molt fàcil, prova-ho tu.

Pam hi va repenjar les mans i... va tornar a moure el tron!

—MIL PISTONS CLAVATS! SI ÉS UNA PEDRA LLEUGERÍSSIMA!

—Oi tant! És pedra tosca! —va concloure brillantment Violet.

—És clar! —va afegir llavors Paulina—. Com és

que no se m'ha acudit abans?! És la pedra més lleugera del món perquè és molt **POROSA**.

—És la que faig servir per a la pedicura! —va dir Colette—. És indispensable per tenir les potetes ben suaus.

—El Gran Descontent és molt astut: es va fer construir un tron que sembla molt pesant, però que, en realitat, és **MOLT LLEUGER** —va comentar Will—. Et felicito per haver-te'n adonat, Tea!

L'hi vaig agrair, però vaig retornar l'atenció de tothom a la nostra missió:

—No perdem més temps: agafem el tresor!

Al terra de sota el tron, hi havia una misteriosa **TRAPA** de fusta que no tenia pany ni cap maneta. Calia trobar la manera d'obrir-la.

Nicky va tenir una idea:

—Provem amb això! —va dir, agafant una **LLANÇA** que estava repenjada en una paret. Va enfilar el pal entre la fusta de la trapa i el terra, i després va fer palanca.

Nicky va alçar la trapa fins a obrir-la del tot i el

TRESOR d'Onatremolenc va aparèixer davant dels nostres ulls en tota la seva esplendor! Vam fer pantalla amb les mans per protegir-nos els ulls i després, quan ens vam acostumar a aquella claror, ja vam poder veure el tresor del rei Onatremolenc: un sac ple de PALLETES D'OR! Ara només calia treure'l d'allà baix. Ens vam posar als quatre costats i vam provar d'**aixecar-lo**. El sac, a diferència del tron, pesava força, però entre tots plegats ens en vam sortir!

—**La unió fa la força!** —va cridar Nicky.
—Ja ens en podem anar —va dir Colette.
—**UN MOMENT!** —vaig exclamar, llavors.
—Què passa, Tea? —em va demanar Will.
—Em penso que, en lloc de marxar, ens hauríem de quedar per **convèncer** el Gran Descontent i el seu poble que no abandonin la Vall del Desig per anar al món real. Ens hem d'assegurar que no s'altera

l'EQUILIBRI entre el Món d'Erin i el món real. No trobeu?

Will, Nina i les noies em van donar la raó: ens havíem d'assegurar que els HABITANTS del Món d'Erin s'hi quedessin i, sobretot, que estiguessin contents!

—Com ho podem fer? —va preguntar Pam.

—Jo tinc una mitja idea... —va dir Violet, després d'uns instants de silenci—. Seguiu-me!

Vam amagar el SAC de l'or darrere la paret del saló del tron i vam sortir a fora, ANSIOSES per saber què se li havia acudit a Violet.

La felicitat és on la busques

En un tres i no res vam sortir del castell en ruïnes. El sol ja estava molt alt i il·luminava el fantàstic Món d'Erin.

Violet va mirar al seu voltant uns segons i després es va dirigir cap a un arbre que hi havia a la riba del riu. Les seves branques, que queien damunt de l'aigua, estaven carregades d'uns **FRUITS** grocs i sucosos. En va agafar uns quants i ens els va ensenyar.

—Oi que són molt **bonics**?

Sí que ho eren.

—I també tenen aspecte de ser molt gustosos —va comentar Pam.

—El que m'agradaria fer —ens va explicar Violet— és aplegar totes les coses bones que aquest món ofereix als seus habitants i ensenyar-ho als Gorres Vermelles. Estic convençuda que llavors comprendran que la felicitat és aquí, al seu voltant.

—I que no necessiten cap tresor! —va concloure Paulina.

—Trobo que és una idea molt bonica —va comentar Nina—. Molt bé, Violet!

—Que cadascú de nosaltres reculli el que li agradi més —els vaig proposar—. Ens trobarem després de la recollida. Però, afanyeu-vos, sisplau! Els Gorres Vermelles tornaran d'un moment a l'altre... i no convé que ens enxampin a mitja feina!

Ens vam dividir i cadascú va anar a la recerca de coses belles. He d'admetre que no costava gaire trobar-ne en un lloc com aquell.

Hi havia FLORS de tota mena, amb unes olors molt especials, fruits de colors vius, ocells amb plomatge multicolor i també INSECTES i papallones tan bells que semblava que els hagués pintat un artista! Al riu, Will Misteri va trobar unes CONQUILLES de formes insòlites.

Jo vaig veure, entre els arbustos, unes teranyines que semblaven uns brodats preciosos i uns coleòpters que brillaven com gemmes. En fi, que al nostre voltant tot era un esclat de vida que bategava, una florida de meravelles i més meravelles.

Quan cadascun de nosaltres va haver recollit els seus tresors, els vam portar a l'interior del castell. Ho vam posar tot damunt de la taula del saló del tron i ens vam amagar darrere de la paret on havíem deixat el sac del tresor, en espera de la tornada dels Gorres Vermelles.

—Voleu dir que no és millor que toquem el dos —va preguntar Pam, preocupada.

—És molt important que el Gran Descontent i els Gorres Vermelles comprenguin que aquí també poden ser feliços —vaig dir jo, esperançada.

Esperem-nos!

Will i Nina em van mirar amb afecte i em va alegrar molt saber que tenia el seu suport.

—Esperem-nos!

Just en aquell moment vam sentir uns sorolls.

—Ja tornen —va dir Will.

Poc després, el saló es va omplir de Gorres Vermelles, que ESCORTAVEN el Gran Descontent.

El rei es va adonar de seguida que havia passat alguna cosa.

—Aaaaaahhh! Què se n'ha fet, del meu or?! —va exclamar, precipitant-se cap a la TRAPA oberta. Quan va veure que el seu botí havia desaparegut, va començar a treure foc pels queixals.— Qui s'ha atrevit a robar-me l'or?! Si l'enxampo, se'n penedirà!

—He estat jo —vaig dir, tranquil·lament.

Em va mirar, incrèdul.

—Tu? Però si hauries d'estar tancada a la gàbia! —va retrunyir, fent una mirada terrible als seus homes.

Llavors, tots els altres van sortir de l'amagatall.

El Gran Descontent no es creia el que veien els seus ulls.

—Guàrdies! —va udolar.

Un grup de Gorres Vermelles van avançar cap a nosaltres, desenfundant les ESPASES, però no em vaig deixar acovardir i m'hi vaig acostar.

—Em permeteu que us expliqui per què hem agafat el vostre or?

—Tu mateixa, però després tornareu a la gàbia.

—Aquest or no és vostre: el vau ROBAR a Onatremolenc. I està tan enfurismat que la seva ràbia posa en perill el Món d'Erin.

—EN PERILL? Què em dius, ara?! —em va preguntar, sorprès.

La resposta, l'hi va donar Will:

—Em dic Will Misteri i vinc del món real. Fa molts anys que estudio la geografia dels Mons Fantàstics. Amb les meves col·laboradores, he fet un mapa que té sota control tots aquests mons i, fa poc, en el mapa del Món d'Erin, hi va aparèixer una GRAN ESQUERDA. La situació és gravíssima!

—El vostre món corre perill —va dir Nina—. La

RÀBIA d'Onatremolenc el destruirà si no li restituïm el seu or.

—De debò que us penseu que permetré que us emporteu aquest tresor? —va cridar el Gran Descontent.

—És l'única solució —li va respondre Nina, molt decidida.

—Mireu les meravelles que us envolten! —els vaig suggerir, ASSENYALANT la taula del centre del saló—. Esteu tan ocupats a queixar-vos, que no us adoneu de la bellesa de la natura que us envolta.

En aquell moment, Will va entonar una cançó molt especial, que portava harmonia al cor de tots els éssers. En sentir-la, el Gran Descontent va esbossar un somriure... potser el primer de la seva vida! Després es va girar cap a la taula i va deixar anar:

—Però... d'on ha sortit tanta bellesa?

—És al vostre voltant i la podeu admirar cada dia —va respondre Paulina, amb simplicitat.

—Només cal que aprengueu a observar el vostre món... —va afegir Violet.

—...amb uns ULLS diferents! —va concloure Will Misteri amb un somriure.

El Gran Descontent observava la taula, atònit.

—Mai no havia... —va murmurar, però no va poder acabar la frase.

—Us heu demanat mai per què esteu descontents? No se us ha acudit mai que seria molt fàcil canviar? —vaig preguntar al rei.

Ell va fer que no amb el cap, lentament; després, encara més lentament, va deixar que un nou SOMRIURE naixés en el seu rostre.

Els Gorres Vermelles el van imitar i poc després es van posar a saltironar.

—Oh! Quanta bellesa! —deien—. Ara som feliços! —comentaven, olorant la delicada flaire de les FLORS multicolors.

Vaig fer un somriure satisfet i després els vaig dir:

—Ja és hora que ens n'anem!

—No us quedeu amb nosaltres? —va preguntar el Gran Descontent.

—Hem de **restituir** l'or —li va explicar Colette.

—Us acompanyarem a la cort d'Onatremolenc! —van dir a cor els Gorres Vermelles.

En sentir aquelles paraules, el Gran Descontent ens va estrènyer a Colette i a mi en una gran **abraçada!**

LA CORT DE LES PEDRES PARLANTS

Estava molt satisfeta: havíem trobat Nina, portàvem de tornada el tresor d'Onatremolenc i també havíem ensenyat als Descontents que la felicitat és a prop nostre, cada dia.
Escortat per tres Gorres Vermelles, el nostre grup es va encaminar cap a la Cort de les Pedres Parlants, que era on vivia Onatremolenc.
Estava convençuda que el rei es calmaria tan bon punt veiés el seu tresor. Llavors, una sacsejada molt forta de la terra, que ens va agafar per sorpresa, em va advertir que havíem d'apressar el pas.
—JA HI TORNA, OI? —em va preguntar Violet, amb el rostre tens.
—Em fa por que sí. Però aviat s'haurà acabat tot —li vaig dir per tranquil·litzar-la.
Després, vaig FER una mirada ràpida darrere meu.

Pam i Nicky parlaven del que havia succeït al saló del tron de la Cort dels Descontents, Colette mirava al seu voltant amb curiositat i preguntava coses a Nina, i Paulina i Will conversaven amistosament. Semblava que s'entenien d'allò més bé, aquell parell!

En aquell moment, recorríem un sender estret que travessava una praderia tan extensa que em costava trobar-hi PUNTS DE REFERÈNCIA, però em feia l'efecte que els nostres guies sabien molt bé per on anaven.

I no m'equivocava perquè, al cap de poc, Nicky va llançar un crit de sorpresa.

—Ei! Mireu allà a baix! —va exclamar, indicant una profunda GORJA de roca que s'havia obert davant nostre d'improvís.

Vam començar a baixar i... ens vam quedar bocabadats! Només els nostres guies, que ja coneixien aquell lloc tan estrany, no van canviar d'expressió.

—És la **Cort de les Pedres Parlants** —ens va explicar Nina—. Aquí és on viu Onatremolenc.

Però hi ha una cosa que no us havia explicat: els habitants d'aquest lloc són ORCS.
Colette va fer uns ulls com unes taronges.

—ORCS?
VOLS DIR UNS ÉSSERS MONSTRUOSOS I ENORMES?!

—Sí. És veritat que no són gaire guapos i que són grandiosos, però també són molt hospitalaris —va dir Nina, amb un somriure.
—Això sí que és una bona notícia —vaig dir.
—Venim a restituir-los el seu tresor —va comentar Paulina—. Segur que s'ALEGRARAN de veure'ns!
Jo era optimista pel que feia a la reacció de la cort, per això vaig ANIMAR els altres.
—Som-hi! Estem a punt de completar la nostra missió.

Som-hi!

El Laberint de Pedra

A mesura que baixàvem per aquella gorja tan costeruda, seguint uns **SENDERS** que entraven i sortien de galeries i passadissos excavats en la pedra, les parets de roca ens envoltaven amenaçadorament, com si es poguessin moure i esclafar-nos.

—Sort que aquestes **ROQUES** són immòbils —va comentar Pam.

Just en aquell moment, vam sentir una veu tan cavernosa i profunda que ens va sobresaltar a tots.

—PER QUÈ HEU VINGUT AQUÍ?

Ens vam girar ràpidament cap a les parets de les coves, però no hi havia ningú.

—**QUI HA PARLAT?** —va preguntar Nina.

—Nosaltres! —va retrunyir la veu.

Vam intuir que la veu provenia de les **pedres**.

—Ah, és per això que en diuen la Cort de les Pedres Parlants! —va deduir Nicky—. Però... són INOFENSIVES, oi? —va preguntar als Gorres Vermelles. Ells van assentir.

—Aquí, hi viu el rei —va dir un dels tres, indicant la GRUTA més gran.

Em vaig acostar a l'entrada, disposada a entrar-hi. I em va envestir una RÀFEGA de vent glaçat i una forta olor de molsa.

—Què busqueu? —ens va tornar a preguntar la veu.

—Volem veure Onatremolenc —vaig dir.

—IMPOSSIBLE! —va retronar la veu.

—Li volem tornar una cosa que li pertany —va explicar Nina.

En sentir la seva veu, la pedra va callar uns instants.

—Entreu! —va exclamar, al final.

Vaig fer una mirada inquisitiva a Nina, i ella va esvair els meus dubtes immediatament:

—Vaig venir fa un cert temps, abans que em **CAPTURESSIN**. Em penso que la pedra m'ha reconegut. Pel que he pogut esbrinar, les Pedres Parlants són les guardianes de la cort d'Onatremolenc. Fan por per l'aspecte i les maneres brusques, però quan les vaig conèixer em vaig adonar que també poden ser **amables**.

—Gràcies, Nina. He d'admetre que els teus estudis sobre el Món d'Erin són d'allò més interessants!

—Estaré encantada de compartir-los amb tu, Tea!

—Oi tant, quan tornem a casa! Au, va, anem passant!

—**Nosaltres ens esperem aquí** —va dir un dels Gorres Vermelles.

Els vam mirar, sorpresos.

—Per què? —va preguntar Will.

—Vam ROBAR el tresor del rei. Està enrabiat amb nosaltres... —va afegir el segon.

—Però hem vingut a tornar-l'hi —va objectar Paulina.

—Val més no arriscar-se. Sobretot ara, que estem CONTENTS! —va dir el tercer, somrient.

—Com vulgueu. Vinga! Entrem-hi! —vaig dir als altres.

Nina era al meu costat.

Will em va fer un gest d'assentiment. Vaig respirar fondo i vaig traspassar aquell llindar de pedra.

A l'interior de la cova hi regnava una PENOMBRA densa i els meus ulls van trigar una mica a acostumar-s'hi. Quan ho van fer, vaig veure un indret nu: érem en un passadís de roca pelada.

Nina ens va guiar.

—Aquestes GRUTES són unes estructures complexes, plenes de passadissos que pugen i baixen, que travessen sales i corredors.

—És un laberint! —va dir Pam.

—Sí, totes les coves estan comunicades i menen a una sala central.

—**EL SALÓ DEL TRON!** —va deduir Colette.

—Exacte. I és on hem d'anar.

Vam seguir Nina, **ANSIOSES** per arribar a la meta, endinsant-nos més i més en aquell laberint de passadissos.

El Rei Onatremolenc

—Em penso que ja som molt a la vora —va dir al cap d'un temps, Nina.

Ja feia estona que caminàvem. La dèbil llum del dia havia cedit lloc a la de les TORXES penjades a les parets de la cova. L'aire encara era fresc, però s'anava escalfant a mesura que ens endinsàvem en els passadissos. Mentre caminàvem, la terra tremolava sota els nostres peus i aquelles vibracions profundes ens provocaven una gran inquietud. Què ens esperava?

Ben aviat ho descobriríem...

Vam continuar caminant pel LABERINT de passadissos excavats a la roca fins que vam desembocar en una

àmplia sala amb el sostre de volta, completament excavada en una roca grisa amb REFLEXOS rosats...

A les parets del voltant hi havia penjades les mateixes torxes flamejants que ens havien guiat al llarg dels passadissos...

La seva llum il·luminava la silueta d'un ésser enorme, assegut en un tron enorme, que subjectava un trident enorme amb la mà dreta.

A la llum de les torxes, vam distingir el seu rostre: tenia una llarga barba esbullada i dos ulls negres com el carbó.

—Onatremolenc... —va murmurar esporuguida Nina, que ja el coneixia.

El rei va alçar el trident i va picar a terra amb força. Totes les roques del nostre voltant van tremolar.

—Vet aquí la causa dels terratrèmols! Era la ira d'Onatremolenc el que SACSEJAVA la terra! —va exclamar Will Misteri. Després, em va fer una

mirada de preocupació i vaig comprendre que em tocava a mi parlar amb el rei.
Vaig avançar en direcció al tron. Un cop allà, vaig fer una petita INCLINACIÓ i vaig dir:
—Rei Onatremolenc, venim de molt lluny... El nostre viatge ha estat llarg i ple de PERILLS, però res no ens ha pogut aturar, perquè el nostre objectiu era reparar una injustícia.
El rei em va mirar amb uns ULLS flamejants, però no va dir res.
Vaig continuar parlant, decidida:
—La injustícia que volíem reparar era el robatori del vostre tresor...
De sobte, l'ECO de la gruta va repetir la meva última paraula:
—Tresor... or... or...
El rei es va alçar d'un bot, va tornar a picar el sòl amb el trident i la terra va tremolar intensament.
Després, Onatremolenc va cridar:
—EL TRESOR DELS ORCS... EL MEU TRESOR...

Will Misteri va copsar la gravetat de la situació i es va afanyar a entregar el sac amb les palletes d'or al rei. Onatremolenc ens va fer una mirada desconfiada i va agafar el sac.

Al cap d'un instant, de les palletes en van sorgir uns feixos de llum daurada que van il·luminar tota la gruta.

El rei va repetir la mateixa frase, però ara amb un to de felicitat:

—El tresor dels orcs!

Quan els reflexos es van apagar, ens vam quedar estupefactes en veure que a la mà del rei ja no hi havia unes simples PALLETES, sinó una enorme corona d'or.

El rei se la va posar al cap i, per primera vegada, ens va fer un somriure:

—S'ha fet justícia!

GRÀCIES, SIGUEU QUI SIGUEU. GRÀCIES!

Heu retornat al rei dels Orcs el tresor més valuós: la corona que fa mil anys que custodiem en el nostre regne, i que passa de pares a fills. Havia perdut l'honor i vosaltres me l'heu restituït. No ho oblidaré mai!

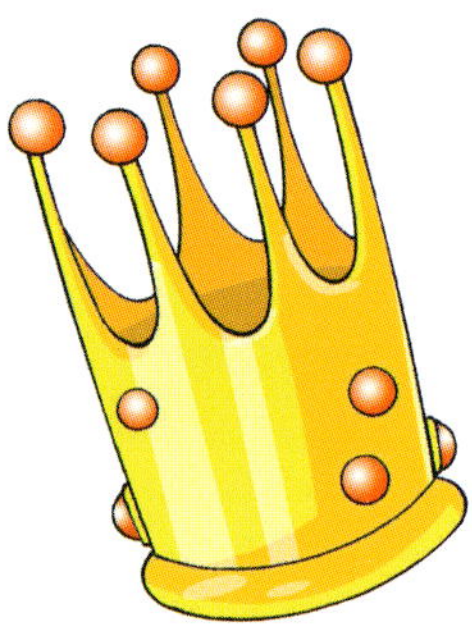

Nina va aplegar tot el seu coratge i va preguntar al rei:

—Majestat, us faria res explicar-nos aquesta transformació tan sorprenent?

El rei s'ho va rumiar un moment i després va dir, somrient:

—En tornar-me el tresor, heu demostrat que sou uns amics de confiança; per tant, us revelaré un antic secret del Regne dels Orcs... Aquesta corona que veieu és la mítica corona del Món d'Erin. Quan la van robar, es va transformar màgicament en un munt de palletes d'or, perquè no se la pogués posar ningú. Segons les antigues lleis del Món d'Erin, aquesta corona només la pot portar un rei dels Orcs.

—Per això us vau enfurismar tant quan us la van robar? —va preguntar Nina.

Ell va asssentir:

—És clar, els fonaments del Món d'Erin corrien PERILL!

Onatremolenc va deixar a terra el trident, que va emetre una última vibració.

—Ara ja no cal que sacsegi més la terra: la pau tornarà a regnar al Món d'Erin i al vostre, forasters que heu vingut de tan lluny!

Després, el rei ens va acompanyar fins a la sortida de la cova, i estava tan content que ni tan sols va voler saber qui li havia ROBAT el tresor.

i a nosaltres ens va alegrar molt poder mantenir el secret!

Aquesta corona és el tresor dels orcs!

Ai, no!

Quan vam sortir de la cova d'Onatremolenc, vam fer una breu explicació del que havia succeït als Gorres Vermelles, tret del secret de la CORONA del rei, és clar. L'important era que ara tots estaven contents!

Ens vam acomiadar dels nostres tres amics, que se'n van tornar amb molta alegria cap a la Vall del Desig, per notificar al Gran Descontent l'èxit de la missió. Després, amb l'ajuda del mapa de Will, ens vam posar en camí per tornar a casa. Will desitjava veure amb els seus propis ulls el passatge que comunicava el Món d'Erin amb Irlanda, per això ens vam dirigir a la PORTA DE LLUM per on havíem passat Nina i jo. Era a una gran distància, per això vam caminar a bon pas i sense fer cap parada.

Tots estàvem ansiosos per **TORNAR** a casa i posar a disposició del Departament de les Set Roses els sensacionals descobriments que havíem fet. Les Tea Sisters estaven molt engrescades, però també una mica decebudes: la missió al Món d'Erin havia estat tan **emocionant** que els hauria agradat continuar col·laborant amb Will i Nina en lloc de tornar als llibres de la universitat.

—Noies, em penso que us mereixeu un **ascens** al Departament. Se m'ha acudit una cosa molt especial per a vosaltres —va dir Will en aquell moment, com si els hagués llegit el pensament—. Què en penses, Tea? I tu, Nina, què hi dius? T'agradaria continuar la **col·laboració** amb les nostres amigues?

—És una idea excel·lent, Will! —vam respondre Nina i jo alhora.

Les **Tea Sisters** ens van mirar radiants de felicitat: no s'esperaven que la missió al Món d'Erin es clogués amb una sorpresa com aquella!

—Ara bé: la feina que fareu per al Departament de

les Set Roses no ha de comprometre de cap manera els vostres **estudis** universitaris —va afegir Will en un to sever—. Us veieu amb cor de conciliar les dues coses?

Un cor de «Síííííí!» va ressonar al cel d'Erin i les noies es van abraçar, molt entusiasmades. Tenien una càrrega d'ENERGIA tan gran que els permetria afrontar qualsevol repte!

El cel ja començava a enfosquir-se quan vam arribar a la nostra destinació. Nina i jo vam **MIRAR** al voltant, desorientades, buscant la Porta de Llum, sense trobar-la.

—Estic segura que era aquí...

—va murmurar Nina, confosa, passant les mans per una aspra paret de roca.

—Ai, no! —vaig exclamar, intuint el que havia passat—. O'Malley no ha pogut mantenir encesa la **FOGUERA** i el passatge s'ha tancat.

El vam continuar buscant una estona, però era evident que la PARET de roca que teníem al

 Ai, no!

davant estava inexorablement tancada i barrada; de la Porta de Llum, no n'hi havia ni rastre.

—**Pobre O'Malley!** —vaig murmurar—. Espero que no li hagi passat res de dolent.

—O'Malley és un **agent** expert, sap espavilar-se tot sol —va comentar Nina—. Què li deu haver passat?

—De ben segur que ha lluitat per mantenir obert el passatge. I ara deu estar **preocupat** per tu, Tea —va comentar Paulina.

—I ara què fem, nosaltres? —va preguntar Colette.

—**MOLT FÀCIL!** —va respondre Will—. Utilitzarem el portal secret que ens portarà a tots a la **SALA DE LES SET ROSES!**

De nou al món real

Will ens va fer posar en rotllana i ens va dir que tanquéssim els ulls. Després va entonar una melodia molt estranya que passava dels tons més greus als aguts, fent vibrar l'aire al voltant nostre: quan va acabar, hi va haver un instant de silenci, després vam obrir els ulls i... estàvem VIATJANT en l'ascensor de cristall, superant les barreres espaciotemporals entre el Món d'Erin i el món real. Era la primera vegada que viatjava d'aquesta manera i l'emoció em va deixar sense alè.

Era una experiència als límits de la realitat!

Una música melodiosa, alternada amb un càntic que repetia set vegades «Set Roses!» ens va fer entendre que ja havíem arribat a la nostra destinació. L'ascensor es va aturar, la porta es va obrir i ens vam trobar a la Sala de les Set Roses!

—Quina alegria tornar a ser a casa! —va dir Nina.

Els mapes dels Mons Fantàstics que cobrien el terra i el sostre de la sala em van cridar l'atenció immediatament.

—Mireu! —vaig exclamar, emocionada—. Allò és el Món d'Erin!

—Ha desaparegut l'ESQUERDA! —va dir Paulina, contentíssima.

Les Tea Sisters s'hi van acostar per mirar-se'l de prop, amb uns ulls brillants de **felicitat**, perquè havien contribuït a salvar aquell Món Fantàstic!

—Noies, en nom de tot el Departament de les Set Roses, us expresso el nostre agraïment més sincer. Sense la vostra ajuda, aquesta **MISSIÓ** no s'hauria resolt d'una manera tan brillant.

Mireu!

Les Tea Sisters es van posar **vermelles** i van mirar Will, molt emocionades. Ell va continuar dient:
—Tal com us he dit abans, he pensat proposar que us ascendeixin. Què en diríeu de convertir-vos en **INVESTIGADORES JÚNIOR** del nostre Departament?
Paulina va mirar les seves amigues i va respondre en nom de totes:

—AI, WILL, ENS SENTIRÍEM MOLT HONORADES.

—Molt bé! Això vol dir que podreu **ajudar** Tea, Nina o altres investigadors en les pròximes missions, però també que us podran confiar investigacions més senzilles que portareu a terme totes soles. Ja coneixeu els mètodes i el codi ètic del nostre institut. La **discreció** és primordial, junt amb la lleialtat i la seriositat en el desenvolupament de les investigacions. I no oblideu que la gent del Departament som com una **GRAN FAMÍLIA**: tenim agents escampats per tot el món i sempre estem a punt per donar-nos un cop de mà els uns als altres!

Va seguir un silenci carregat d'**emoció**.

Jo estava tan orgullosa de les meves noies, que de poc que no em salten les llàgrimes!

Llavors, Nina va desdramatitzar la situació i ens va proposar alegrement:

—QUÈ US SEMBLA SI HO ANEM A CELEBRAR?

PER FI A CASA!

—Quin viatge més emocionant! —va comentar Pam, mentre la **LLANXA** del Departament de les Set Roses atracava al port de l'Illa de les Balenes.

—Hem viscut una aventura increïble de debò —va afegir Nicky.

—I ara els meus *cabells* necessiten una mascareta d'oli d'oliva! —va concloure Colette.

—A totes ens fa falta una mica de repòs. Però, abans, us vull **FELICITAR**, noies: estic orgullosa de vosaltres!

—Gràcies, Tea. Ara sí que ho tenim clar: la unió fa la força!

—**I NOSALTRES SOM INVENCIBLES!** —va bromejar Pam.

Totes ens vam posar a riure. El nostre bon humor se sentia en l'aire.

Mentre vorejàvem el port per tornar a la universitat, l'enorme **IOT** de Vainilla De Vissen va atracar al moll. Poc després, en va baixar ella amb els seus habituals aires de superioritat.

—Es pot saber on us havíeu ficat? —va preguntar a les noies. Quan va veure que jo també hi era, no va poder evitar afegir:— Que heu acompanyat Tea en la seva missió a **Irlanda?**

Les noies es van intercanviar unes **MIRADES** d'incredulitat... Com podia ser que Vainilla sabés que havia anat de viatge a Irlanda?

—I tu, Vainilla? Que has estat de vacances? —vaig intervenir jo, canviant de tema.

—Els **exàmens** em van anar tan bé que els pares m'han regalat un viatge!

—**ET FELICITO, VAINILLA** —vaig dir. Després, en un to sever, vaig afegir:— Hauré de parlar amb ells...

—De què?

—De la teva excessiva **TAFANERIA** per escoltar les converses dels altres... Sembles molt ben informada de la meva missió a Irlanda, però no em consta haver-te'n parlat mai!

Es va posar vermella de cop.

—És que... D'això...

En aquell moment, em vaig fixar en les maletes de Vainilla i vaig tenir un sobresalt, que ella va aprofitar per fer-se fonedissa.

—Què et passa, Tea? —em va preguntar Paulina.

—Doncs que... acabo de recordar que m'he oblidat les **MALETES** a Irlanda! I hauria de **visitar** un amic: l'agent O'Malley, que vaig deixar d'una manera un pèl... **apressada!** —vaig dir, fent l'ullet a les Tea Sisters—. Per tant, hi hauré de tornar.

—Irlanda deu ser preciosa... —va comentar Nicky, amb una expressió **somiadora**.

Llavors vaig mirar les noies:

—A vosaltres també us han anat molt bé els exàmens, oi?

Totes van assentir.

—Per tant, també us mereixeu que us regalin un **VIATGE!**

Les Tea Sisters van exclamar alhora:

—VISCA!

—ANEM A FER LES MALETES!

I vam marxar totes juntes cap a Irlanda, per celebrar la fi d'aquesta aventura tan fantàstica!

Visca!
Irlanda ens espera!

Diari del Món d'Erin

A qui llegeixi aquest diari

Siguis qui siguis,
amic o amiga, sàpigues que aquestes pàgines expliquen tot el que he vist i he viscut al fantàstic Món d'Erin, una terra extraordinària que poblen uns personatges fascinants.

Són uns éssers meravellosos; n'hi ha de dolços i amables, n'hi ha que són una mica murris, molts són barroers o despistats, i alguns fins i tot són busca-raons.

Per poder continuar els meus estudis quan torni al Departament de les Set Roses, he decidit apuntar a les pàgines d'aquest diari els petits secrets que he descobert a Erin: els indrets on viuen les fades, els elfs i els follets, les seves històries i les seves extraordinàries aventures.

Guarda els secrets que descobriràs en aquestes pàgines com un tresor molt valuós i recorda sempre que els misteris dels Mons Fantàstics només es poden revelar a qui té el valor de somiar amb tota la força del seu cor.

I ara, segueix-me: el fantàstic Món d'Erin ens espera!

Que comenci el viatge!

Nina

Una flor del Món d'Erin

Les fades

Mai no podré oblidar la meva primera trobada amb una fada. Era a la riba d'un llac quan se'm van aparèixer tres noies guapíssimes: les Fades del Llac! Parlant amb elles, vaig descobrir que a Erin hi viuen moltes fades i totes estan envoltades d'un halo de màgia i misteri.

Les tres fades de petites

Les Fades del Llac

Les tres Fades del Llac, que són filles d'una nimfa, van néixer el primer dia d'una primavera llunyana. Vetllen pel llac i custodien en les seves aigües els secrets d'Erin.

Sota la superfície del llac de les fades, hi ha una porteta d'or: és l'entrada al seu castell secret! Per anar del castell a la superfície, les fades utilitzen una barca especial, tota d'or!

Diuen que, un dia, un pastor jove va veure la barca d'or amb una de les fades a bord i se'n va enamorar perdudament. Però la barca es va submergir i no la va tornar a veure mai més.

La barca encantada tota feta d'or

Fades Banshees

Les Banshees són unes fades missatgeres. Són uns éssers bellíssims, però molt tristos, i es passen bona part del dia plorant.

Banshee alegre

Mentre explorava el Món d'Erin, vaig conèixer una banshee que, a diferència de les altres, cantava i reia. Encuriosida, li vaig preguntar per què no estava trista. La banshee em va somriure i em va dir:

—Ara recullo les patates; després faré la sopa i el pa de blat. El meu lema és: «Si trista no vols estar, alça't i posa't a treballar!».

Fades Selkies

Les Selkies s'assemblen a les sirenes. En les nits de lluna plena, neden cap a les platges desertes, i, un cop arriben a la sorra, es desfan de la seva cua de peix i es transformen en noietes. Però s'han de recordar d'on amaguen la cua perquè, si la perden, no poden tornar al mar, que és casa seva!

Fades de l'Aire

Les Fades de l'Aire són uns éssers gràcils i simpàtics, capaços d'encisar tothom amb el so de les seves flautes.

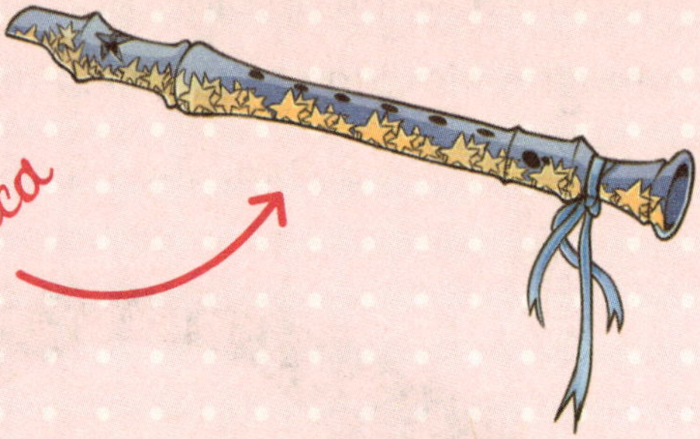

Flauta màgica

Fades de l'Aigua

Les Fades de l'Aigua són unes ballarines excepcionals: per ballar, es posen un tutú de bissus, que és una seda preciosa extreta de les conquilles del Món d'Erin.

Fades del Foc

Després del meu viatge a Erin, no tornaré a mirar amb els mateixos ulls les cuques de llum! Per què? Perquè vaig descobrir que, darrere d'aquells llumenets s'amaguen les meravelloses Fades del Foc!

Fades de la Terra

Les Fades de la Terra són d'allò més juganeres. Al bosc, els entusiasma llançar un bellíssim bumerang de plata, esquivant els troncs dels arbres: són superhàbils!

El palau de les fades

Les fades es reuneixen en aquest palau tan fantàstic en ocasions molt especials, com ara la meravellosa Festa de Mig Estiu!
3
8
5
7
4
1. Estances de les Banshees, al costat de l'aigua que flueix.
2. Estances de les Selkies, prop del mar.
3. Estances de les Fades de l'Aire, ben amunt, prop del cel.
4. Estances de les Fades del Foc, de lava solidificada.
5. Estances de les Fades de la Terra.
6. Estances de les Fades del Sí, amb cuina annexa.
7. Sala Estrella, on se celebra la Festa de Mig Estiu.
8. Biblioteca Encantada.
9. Jardins de les Fades.
10. Habitacions de convidats.

Les joies de les fades

Aquí tens una mostra de les joies tan meravelloses que fan les fades. Quina t'agrada més?

La Fada de l'Aigua que va fer aquest anell va elegir una conquilla iridescent especial, amb uns delicats matisos platejats.

Anell de la Fada de l'Aigua

Aquest braçalet, el va fer una Fada del Foc. És fet de lava i no pesa gens!

A les Fades de la Terra els agrada molt guarnir-se amb joies senzilles i naturals, com aquest collaret de fusta.

Les Banshees són presumides i els agraden molt les pedres precioses. La seva preferida és el safir, que diuen que produeix un efecte calmant a qui el porta.

Aquest fermall és fet de pasta de pa: l'han confeccionat les habilíssimes Fades del Sí!

Les pedres precioses de les fades

Durant la meva estada a Erin, les fades em van ensenyar moltes coses sobre les propietats de les pedres precioses. I també em van confiar algunes curiositats...

El **robí** és un símbol de força i reialesa: per aquest motiu, en l'antiguitat, l'apreciaven molt els emperadors i els reis.

La **maragda** és una pedra misteriosa. Els antics creien que la seva pols era un eficaç antídot contra el verí de les serps.

El **diamant** és un símbol de reconciliació entre amics, enamorats i parents. És la pedra adequada per regalar quan et vols fer perdonar alguna cosa!

L'**ametista** simbolitza la força de l'ànim. A l'edat mitjana, la portaven els reis i els nobles com a símbol de poder absolut.

Al **safir** l'associen amb l'harmonia i la simpatia. És un símbol de fidelitat, i per això s'utilitza molt sovint en anells de prometatge.

LES CINC PEDRES

Diuen que cada pedra té una naturalesa particular: per això em vaig entretenir imaginant per a quin caràcter són més adequades!

El **robí** s'adiu amb un caràcter fort i coratjós, i és adequat per a qui no para mai quiet.

La **maragda** porta optimisme i esperança. És ideal per a les persones alegres, a les quals els agrada divertir-se.

El **safir** és la pedra de la sinceritat. Agrada a qui no sap dir mentides.

El **diamant** agrada a les persones refinades, que volen tenir un aspecte resplendent.

L'**ametista** és adequada per a un caràcter silenciós i meditatiu, al qual no li agrada l'enrenou.

Els animals de les fades

Al bellíssim parc que rodeja el palau de les fades, hi viuen molts animals fantàstics. Aquí en teniu uns quants!

Vigilant el palau de les fades, hi vaig veure el gran cérvol amb banyes de plata.

Aquest simpàtic peixet amb escates de color d'aram custodia els secrets de les fades. Se'n refien perquè és l'ésser més reservat del regne!

Els animals de companyia de les fades són els conillets estrellats. Són alegres i els agraden molt les carícies! Fan olor de cotó de sucre.

Els agraden molt les pastanagues

De la neteja de palau, se n'encarreguen les mofetes cuallargues. Són molt simpàtiques i xerraires. De vegades són una mica barroeres i els cau alguna cosa, però les fades tenen molta paciència!

Treuen la pols de la Sala de l'Estrella amb les cues

Secrets de bellesa... encisera!

Un dia que estava una mica cansada, una fada em va obsequiar amb un tractament de bellesa. No m'imaginava que pogués ser tan relaxant!

Mascareta purificant amb llimona i mel

Ingredients: una llimona i dues cullerades de mel.

Barreja bé el suc de la llimona amb les dues cullerades de mel. Unta't la cara amb aquesta màscara i deixa-te-la posada 10 minuts. Vigila que no te n'entri als ulls. Esbandeix-te amb aigua tèbia: tindràs una pell tan lluminosa com la pols de les estrelles!

A l'estiu, afegeix-hi 3 fulles de menta triturada per aconseguir un efecte superrefrescant!

Mascareta nutrient per als cabells

Ingredients: una cullerada de iogurt natural, una cullerada de mel i mitja cullerada d'oli d'ametlles dolces.

Barreja bé els ingredients i després estén-te la mascareta damunt dels cabells, sobretot a les puntes. Al cap d'un quart d'hora, te'ls esbandeixes amb aigua tèbia barrejada amb una cullerada de vinagre de poma. Tindràs uns cabells suaus i lluents, com ales de fada!

Cataplasma per a mans de fada

Ingredients: 2 tiges d'api i 5 fulles de llorer.

Amb l'ajuda d'un adult, fes bulllir l'api i el llorer en una cassoleta d'aigua durant 7 minuts i després apaga el foc. Quan l'aigua estigui tèbia, fica-hi les mans durant 5 minuts i després te les eixugues bé. A continuació, hi apliques una crema nutrient.

És excel-lent per prote-gir les mans a l'hivern!

Coloret casolà

Ingredients: una cullerada de mantega de karité i un bocinet de remolatxa vermella bullida.

Amb l'ajuda d'un adult, tritures la remolatxa i després la barreges bé amb la mantega de karité. Posa la mescla en una capseta amb tapadora i... ja tens el coloret! El pots guardar a la nevera uns quants dies. Si vols un matís més fosc, substitueix la remolatxa per una presa de xocolata que abans hauràs desfet al bany maria!

TEST
A quina fada t'assembles?

Les fades d'Erin són molt diferents entre si, per caràcter i interessos. Vols saber a quina t'assembles més?

1. Et trobes en un prat florit: els ocellets refilen i la brisa t'acaricia el rostre. Culls una flor...

a. Vermella com el foc!

b. Blava com el cel!

c. Blanca com la neu!

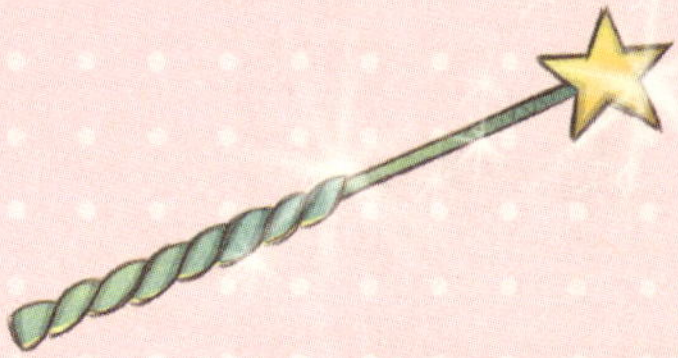

2. Què t'agradaria més fer en la teva vida màgica?

a. Explorar mons fantàstics.

b. Construir una casa de somni.

c. Estudiar fórmules màgiques per fer el bé.

3. Si algú es burla de tu perquè no t'ha sortit un encanteri, què fas?

a. El transformes en un gripau.

b. L'ignores i continues provant de fer l'encanteri.

c. Somrius i li demanes que et doni un cop de mà.

4. Un amic fantàstic és:

a. El més valent de tots!

b. El que et fa riure i sempre està de bon humor!

c. El que no et trairia mai!

5. En quin animal t'agradaria transformar-te amb un encanteri?

a. En un unicorn platejat.

b. En un rossinyol daurat.

c. En un conillet estrellat.

Solucions

Majoria de respostes A

T'assembles a la Fada del Foc: ets eixerida i plena d'energia, t'agrada l'aventura i... no et fa por el perill!

Majoria de respostes B

La teva personalitat s'assembla a la de les Fades del Llac: ets una somiadora, de vegades et perds en els teus pensaments i et tornes misteriosa.

Majoria de respostes C

Com les Selkies, ets bona i altruista; t'agraden les coses senzilles i, per sobre de tot, t'agrada la companyia dels teus amics.

Els Elfs

Els dies que vaig ser hoste dels elfs van ser d'allò més relaxants. Aquests éssers, que viuen en harmonia amb la natura, entenen l'estat d'ànim dels altres i els agraden les persones sinceres. Com a mostra d'amistat, em van regalar un anell de fusta de faig, símbol del coneixement.

Elfs de la Llum

Els Elfs de la Llum són molt agraciats: a les nits de primavera, els agrada ballar als prats humits de rosada.

Elfs del Crepuscle

Els Elfs del Crepuscle viuen a les cavitats dels turons. Són amables amb els pastors i els ajuden a descobrir tresors.

Elfs dels Boscos

Els Elfs dels Boscos són molt pacients i dolços. Els agrada la natura i els animals. Són uns grans arquers.

Són uns grans arquers

Elfs de l'Aigua

Els Elfs de l'Aigua tenen una veu melodiosa i fan unes exhibicions de cant inoblidables.

Els Elfs del Crepuscle viuen en unes cases excavades a sota terra. Per això és tan difícil trobar-los!
Els Elfs de la Llum viuen amagats entre els arbustos de l'arç blanc. Són molt esquerps i no és gens fàcil acostar-s'hi.

Els *Elfs dels Boscos* em van invitar a la seva casa arbre. Entrant per un forat del tronc, et trobes en un autèntic palau! Als ulls inexperts, els costa descobrir aquestes cases. De fet, així que senten que s'acosta algú, els elfs apaguen els llums i s'estan en silenci fins que l'intrús s'allunya.

Entre els còdols del llit dels torrents s'oculten les cases dels *Elfs de l'Aigua:* estan molt ben amagades i, a part dels amos, no hi ha entrat ningú!

La vida dels elfs

Els Elfs dels Boscos coneixen tots els secrets de les plantes i dels animals. El dia que vaig passar amb ells, me'n van revelar alguns!

De vegades, als boscos d'Erin, t'hi trobes uns troncs marcats amb una X: és el senyal que hi posen els elfs per indicar els arbres que estan malalts i necessiten cures i amor. Tots ens podem fer amics dels arbres!

Al Món d'Erin no funcionen les brúixoles... Per orientar-me, els Elfs dels Boscos em van ensenyar a observar la molsa dels troncs i de les roques. Sempre creix al costat que dóna al nord!

Curiositats dels elfs

He apuntat algunes curiositats que he sentit a dir dels elfs. No sé si totes són certes... però són divertides!

1. Als elfs, els agrada fer-se roba per als balls, sobretot uns barrets que s'assemblen tant als bolets que a Erin hi ha un bolet anomenat barret d'elf!

2. Els elfs són molt hàbils fent nusos: diuen que són ells els qui embullen els cabells de les persones i les crineres dels cavalls... Que trapelles!

3. A Erin diuen que, prop d'una flor que s'acaba d'obrir, sempre hi ha un elf que toca l'arpa!

Els elfs són uns éssers tímids i sensibles: si us en trobeu algun, us aconsello que us hi acosteu amb discreció.

Als elfs els agrada estar en companyia, divertir-se, organitzar banquets, ballar i fer broma.

Els elfs són vegetarians i coneixen mil i una receptes boníssimes per cuinar la verdura.

Les aigües perfumades dels elfs són delicioses, sobretot la de menta i llimona.

L'escola de ball èlfic

Els Elfs dels Boscos m'han ensenyat els primers passos de la seva dansa... És divertidíssima!

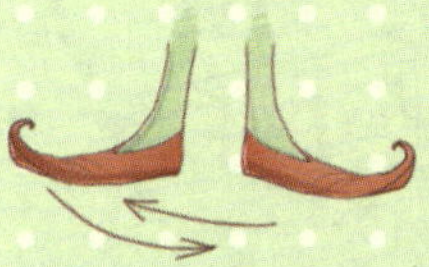

PAS 1
Gira la punta del peu dret cap a la dreta i torna.

PAS 2
Pica el terra amb el peu esquerre.

PAS 3
Gira la punta del peu esquerre cap a l'esquerra i torna.

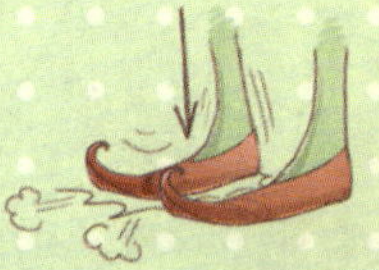

PAS 4
Pica el terra amb el peu dret.

PAS 5
Fes un pas a la dreta amb el peu dret.

PAS 6
Acosta el peu esquerre.

PAS 7
Fes un pas a l'esquerra amb el peu esquerre.

PAS 8
Acosta el peu dret.

PAS 9
Posa el peu esquerre darrere del dret i fes una pirueta.

PAS 10
Posa el peu dret darrere de l'esquerre i fes una altra pirueta.

PAS 11
Fes un pas endavant amb el peu dret.

PAS 12
Acosta el peu esquerre al dret.

En aquesta habitació, els Elfs dels Boscos han deixat tres objectes fora de lloc. Quins són?
SOLUCIÓ: el mitjó damunt de la taula de treball; el martell al gerro de les flors; el barret a la llar de foc.

Dos elfs gairebé idèntics

A Erin, hi vaig conèixer Bor i Brandir, dos Elfs de la Llum bessons que s'assemblen en tot, tret de sis detallets. Ets capaç de trobar les diferències entre ells?

Troba les diferències

Els secrets èlfics

Als elfs, els encanta sorprendre els seus amics amb pocions especials i fórmules màgiques. Guarden zelosament els seus secrets, però... vaig aconseguir que me'n revelessins alguns!

Poció tutifruti

Els Elfs dels Boscos són uns experts en l'elaboració d'uns elixirs anomenats tutifruti. Són uns sucs que obtenen barrejant fruites diferents que recullen als boscos d'Erin. El secret consisteix a utilitzar només fruita fresquíssima. Tu també pots preparar la teva poció passant per la batedora, per exemple, una poma, una taronja, una maduixa i un kiwi amb una mica d'aigua i sucre. Si l'ofereixes als teus amics, quedaran encantats pel bon gust que té!

Poció floral

Esbandeix els pètals d'una rosa; després, posa'ls en un bol gros i, amb l'ajuda d'un adult, aboca-hi dues tasses d'aigua bullent. Tapa-ho i deixa-ho en infusió durant una hora; després, filtra els pètals i posa l'aigua de roses en una ampolla amb tap. Posa-te'n unes quantes gotes a la cara i... resplendiràs com un Elf de la Llum!

Fórmula de l'eterna felicitat

Pronuncia aquesta fórmula èlfica marcant bé les paraules i executant els moviments: ja veuràs que, com per art de màgia, et posaràs a riure. Funciona!

Per a l'eterna felicitat, / fes tres girs cap allà;
amb la mà que escrius, / fes tot de saluts jolius;
salta, salta ben amunt/ fins al sostre, no perdis punt!
Tanca els ulls, acota el cap
i després mira el cel blau.
Posa't a riure i ja veuràs / que d'alegria explotaràs!

Els follets

Si la meva estada amb els elfs va ser instructiva i divertida, el temps que vaig estar en companyia dels follets em va passar volant com un batec d'ales. Entre ells, n'hi ha d'amistosos i n'hi ha que són ben murris.

M'explicaré: mentre provava de fer aquesta foto de grup, els gòblins em van posar un bolet pudent sota el nas per fer-me esternudar; als Gorres Vermelles els feia vergonya; els Guardians de Tresors volien estar en primer pla, i el leprechaun tancava els ulls quan jo feia el clic... Al final, me'n vaig sortir, però... Déu n'hi do el que em va costar!

Un dia amb els Follets Verds

Els Follets Verds són uns grans coneixedors de les plantes del bosc. Plegats, vam collir flors, fulles i fruita per fer infusions, tisanes, xarops naturals... Una autèntica panacea!

La bergamota destil·lada desinfecta i cicatritza les ferides i és un òptim repel·lent d'insectes.

La tisana d'arç blanc barrejat amb melissa té un beneficiós efecte relaxant.

El xarop de viola d'olor està indicat per a la tos i els refredats. Les fulles es poden gebrar i utilitzar en els dolços!

La infusió de sempreviva és molt eficaç per combatre la tos.

Un dia amb els Follets Vermells

Un dia vaig acompanyar els Follets Vermells en les seves activitats quotidianes i... són uns trapelles acabats! Mireu quines són les seves brometes preferides!

Hi ha follets als quals els agrada despertar els amics que dormen d'una manera... un pèl brusca: els tiren fruita madura!

De vegades, els follets dibuixen petjades falses a terra, per despistar els que les segueixen i crear una

Els jocs dels Follets Verds

Després de passar-se tot el dia tenint cura del bosc, als follets els agrada estar en companyia. Mireu a què vaig jugar amb ells!

córrer de bracet!

Per jugar a **L'AIRE LLIURE**

Follets de bracet

El jugador que para es posa al centre: els altres estan lluny, desordenats. Quan diu «ara!», el primer jugador comença a empaitar els seus amics, provant de tocar-ne un amb la mà. Si se'n surt, l'agafa de bracet i tots dos es posen a empaitar els altres. El joc s'acaba quan tots els jugadors estan encadenats els uns amb els altres.

Per jugar **A CASA**

Follet mana color

Els jugadors s'asseuen al voltant d'una taula amb paper i llapis. Un jugador que s'elegeix a la sort tria un color i tots escriuen al full els noms dels objectes d'aquell color que hi ha en aquella habitació. Guanya qui fa la llista més llarga d'objectes d'aquell color en menys temps.

L'udol del follet

En una habitació, cada jugador tria un objecte com a amulet i l'ensenya als altres. Un jugador triat a la sort surt a fora i els altres li amaguen l'amulet. Quan el jugador torna a entrar, ha de buscar l'objecte amagat: els altres l'ajuden fent un udol fluix quan és lluny de l'objecte i fort quan s'hi acosta. Tots els jugadors ho fan per torns i guanya qui troba el seu amulet en menys temps.

Els jocs dels Follets Vermells

Reconec que són uns jocs molt divertits,
encara que siguin tan moguts!

No em toquis el nas!

A la sort, es tria un jugador, li tapen els ulls i el porten al centre de l'habitació. Mentre fa quatre girs sobre si mateix, els altres es posen en rotllana al seu voltant. El jugador que para ha de reconèixer els seus companys tocant-los el nas. Si ho encerta, es canvien el paper. Si s'equivoca tres vegades seguides, ha de pagar una penyora.

Per jugar
A CASA

Per jugar
A CASA

La nou... calenta!

Els jugadors posen música i fan una rotllana. Després, comencen a passar-se una nou de mà en mà, ràpidament. Quan para la música, el jugador que té la nou a la mà queda eliminat. Guanya qui es queda a la rotllana sense que l'eliminin.

El camí dels Gòblins

Es posen diversos objectes a terra, de manera que formin un recorregut d'obstacles (per exemple, cadires per passar-hi per sota, coixins per saltar-los, ampolles que cal esquivar...). Quan criden «ara!», el primer jugador surt corrents. Guanya qui arriba al final del recorregut en menys temps sense haver fet caure cap objecte.

La Festa de Mig Estiu

Al crepuscle d'una nit d'estiu molt especial, les fades d'Erin, alegres i curioses, surten de les seves cases secretes. Si estan segures que no les ha vist ningú, s'agafen de la mà, entonen un càntic màgic i comencen a fer voltes per l'aire.

Dansen al cel fins a arribar al seu palau, il·luminat de festa i amb les portes obertes de bat a bat per a tots els convidats. Així comença la màgica Festa de Mig Estiu! Tots els éssers d'Erin hi participen i, en aquesta nit tan fantàstica, hi ha cançons, danses, banquets i jocs fins a l'alba.

A mi, també m'hi van invitar, i, molt emocionada, vaig fer cap al palau. Quan hi vaig arribar, les fades, els elfs, els follets i els gnoms es van saludar i van començar a ballar en un remolí de mil colors.

Primer em vaig sentir una mica intimidada, però quan un Elf de la Llum guapíssim em va demanar que ballés amb ell, em vaig abandonar a l'ambient de festa i vaig viure moments inoblidables!

Els vestits de la Festa

El vespre de la festa, les fades del Món d'Erin es van posar aquests vestits tan meravellosos.

Les **Fades de l'Aire** portaven un vestit fet de pur teixit de núvol, tan delicat i lleuger com elles.

El vestit de les **Fades de l'Aigua** era fet de bissus, una seda que s'obté dels filaments d'un mol·lusc molt valuós, la Pinna Nobilis.

Les **Fades del Foc** van sorprendre tothom amb uns vestits adornats amb pedres volcàniques encastades.

L'extraordinari vestit de les **Fades de la Terra** és fet amb fulles tornassolades de til·ler silvestre, una espècie que només es troba al Món d'Erin.

Les **Banshees** exhibien un vestit blanc, molt flonjo, fet de cristalls de rosada.

Les **Fades del Sí** portaven un vestit amb puntes i randes, i una faldilla molt ampla. Val a dir que aquestes fades, fins i tot quan porten roba elegant, sempre tenen alguna taqueta al vestit!

Les receptes del banquet de la Festa

Doncs, mira, sí: els dies anteriors a la Festa de Mig Estiu, vaig anar a tafanejar a la cuina! Per això vaig saber amb antelació el fantàstic menú que preparaven les Fades del Sí!

MENÚ FADAGURMET

Paté de bonítol del nord

~*~

Raviolis de festa
amb brou de roselles

~*~

Croquetes especiades amb puré dolç
de llenties beluga, colinap ofegat
i patates en salsa groga

~*~

Cors de fada

Em va venir una gana... Per això, tastant una cosa i l'altra, vaig demanar les receptes a les Fades del Sí. Us n'apunto un parell, però que consti que és un secret. Xsst!

Paté de bonítol del nord

Aixafes la mateixa quantitat de patates bullides i de bonítol en llauna i hi afegeixes un grapat de tàperes triturades.
Dóna forma d'un peixet ben bonic al paté i deixa'l reposar a la nevera.

Cuinar en companyia és molt divertit. Paraula de les Fades del Sí!

Que bo!
Gerds, nabius i... xocolata blanca!

Cors de fada

Compra en una pastisseria dos discos grans de pa de pessic. Unta un disc amb melmelada de maduixa; després, posa-hi l'altre disc al damunt. A continuació, amb un motlle en forma de cor, vas retallant la pasta. Decora la part de dalt amb gerds, nabius i encenalls de xocolata blanca.

Els jocs de la Festa

Els jocs de la Festa de Mig Estiu eren divertidíssims i m'ho vaig passar la mar de bé.

Us n'apunto tres!

La cursa dels globus

Tots els jugadors, agenollats i amb un globus al davant, es posen a la línia de sortida. Quan senten «endavant!», tots empenyen el seu globus amb el nas i guanya qui arriba a la meta primer. Per variar, els participants poden bufar els globus.

La fila embenada

L'objectiu del joc és que tots els participants embenats es posin en fila, l'un darrere l'altre, seguint l'ordre alfabètic dels seus noms. Cadascun pronuncia el seu nom en veu alta i prova de posar-se al lloc correcte de la fila!

Ball sorpresa

En aquest ball, les parelles ballen subjectant un globus amb el front. Qui dirigeix el joc té el deure d'elegir bé la música, provant d'alternar ritmes diferents. Si el globus cau, la parella queda eliminada: guanya la parella a qui no li cau el globus!

Els regals de la Festa

Durant la Festa de Mig Estiu, les fades reben dels seus convidats uns meravellosos regals encantats. Quin t'agrada més?

La *vaixella de mareperla*, perfecta per degustar els àpats exquisits de les Fades del Sí.

Les delicioses *essències perfumades* amb fragàncies de bosc: la de móra per al bany és refinadíssima!

El *mirall* màgic reflecteix la imatge de qui s'hi mira i mostra l'humor que té en aquell moment. No s'equivoca mai!

Cadascuna d'aquestes **infusions** té un efecte màgic. M'agradaria tastar la de l'etiqueta infusió de les idees genials!

Les gnoms són molt hàbils amb l'agulla i el fil: amb retalls de teles màgiques, cusen aquestes **mantes**, càlides a l'hivern i fresques a l'estiu!

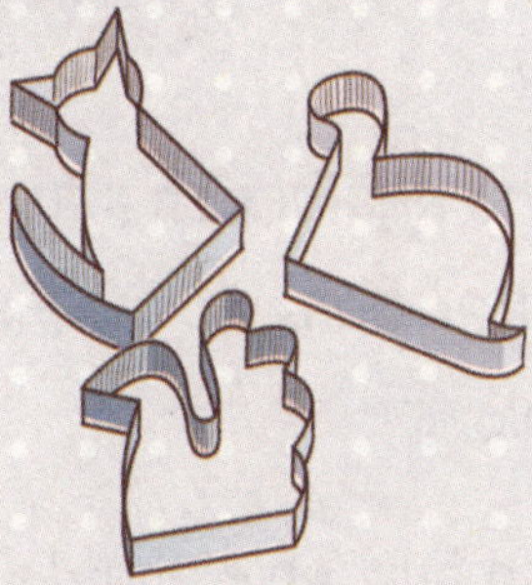

Amb aquests **motlles**, les Fades del Sí preparen les seves galetes de pasta brisa, segons una recepta supersecreta!

Però... si això és una **càmera fotogràfica!** Qui la deu haver regalat a les fades? Els Guardians de Tresors, potser?

TEST
Troba el teu cavaller!

De vegades, el cavaller ideal només existeix als somnis... Contesta les preguntes del test i descobreix el seu rostre!

1. Per a tu, la invitació ideal és:

a. Una passejada pels núvols.

b. Una cursa en un drac alat.

c. Una immersió subaquàtica per descobrir els misteris dels abismes.

2. Amb quin regal et seduirà?

a. Un braçalet de conquilles que ha agafat per a tu.

b. Dues entrades per al Parc d'Atraccions de les Fades.

c. Una càmera fotogràfica invisible.

3. Amb quin vehicle et vindrà a buscar el dia de la primera cita?

a. Un cavall blanc meravellós.

b. Un cotxe que corre més que la llum.

c. Un tren antic que s'atura en ciutats imaginàries.

4. Com ha d'anar vestit?

a. Molt elegant i refinat, a punt perquè el rebin a la cort d'un rei.

b. Amb roba còmoda, per poder córrer pels prats d'Erin.

c. De qualsevol manera.

5. Com t'imagines la casa on viureu junts?

a. Un castell encantat.

b. Una cabana dalt d'un arbre enmig del bosc.

c. Una casa misteriosa plena de llibres.

Solucions

Majoria de respostes A

El teu cavaller ideal és el clàssic «príncep blau», romàntic i elegant. Amb ell no et faltaran mai els compliments ni els rams de flors.

Majoria de respostes B

El teu cavaller ideal és aventurer i amant dels reptes. Amb ell, no t'avorriràs mai!

Majoria de respostes C

El teu cavaller ideal és somiador, li apassionen els misteris i viu en un món particular poblat d'històries i personatges fantàstics que et farà conèixer.

Mireu la foto que vaig fer durant la Festa de Mig Estiu a la meravellosa Sala Estrella. Quina vetllada més inoblidable!

El viatge pel meravellós Món d'Erin s'ha acabat. Espero que, per a vosaltres, llegir el meu diari hagi estat tan apassionant com per a mi escriure'l.

Trobo a faltar tots els amics que hi vaig conèixer, sobretot les fades, que abans que me n'anés em van fer un regal meravellós... Sabeu quin?

Un diari! Una Fada del Llac em va dir que cal conservar els records com tresors, perquè el seu valor augmenta amb el pas del temps.

Sempre portaré al cor aquesta aventura, perquè em va fer entendre que, gràcies a la fantasia, no hi ha res d'impossible.

Nina

Índex

Exàmens a la vista! 7

Una petició d'ajuda 13

Missió ultrasecreta 20

De viatge cap a Irlanda! 25

Deure acomplert! 30

En alta mar! 35

Les Set Roses 40

Un món en perill 46

Tempestes estranyes 54

L'illot de les Ruïnes Antigues 62

Un ascensor... fantàstic! 72

Al món d'Erin 78

Un cavall ben murri 86

La pista misteriosa 95

Les Fades del Llac 99
Un secret que cal custodiar 104
Presoners! 115
A la Gorja dels Sons 122
Que ens hem perdut? 130
Quina delícia! 136
Bon profit! 144
Una música misteriosa 148
Un guia ben estrany 154
Els Gnoms del Bosc Encantat 159
Els Guardians de Tresors 168
La fada trista 175
Comensals sisplau per força 186
La solució 194
Junts de nou! 200
Onatremolenc tremola 207
Una foguera que cal mantenir encesa 210

Un mal pressentiment 216
La Cort dels Descontents 222
Només una... 227
El Gran Descontent 235
I ara, què? 242
Una ajuda molt valuosa 247
El relat de Nina 255
Bon dia! 260
Una ajuda... que baixa del cel! 266
Per fi el tresor! 272
La felicitat és on la busques 279
La Cort de les Pedres Parlants 288
El Laberint de Pedra 292
El Rei Onatremolenc 297
Ai, no! 306
De nou al món real 311
Per fi a casa! 316

TEA STILTON

Aventures extraràtiques!
Ja els tens tots?

1. El codi del drac

2. La muntanya que parla

3. La ciutat secreta

4. Misteri a París

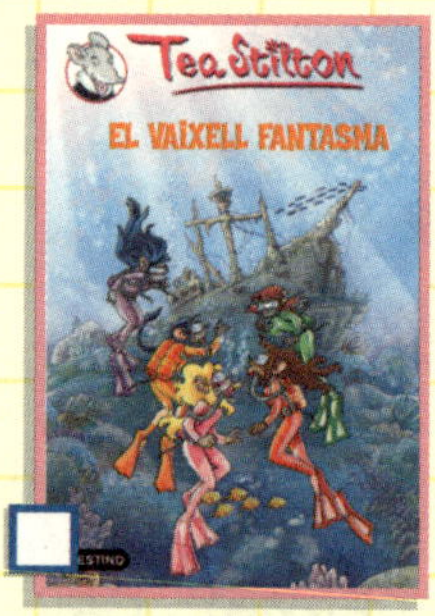

5. El vaixell fantasma

6. Un bon embolic a Nova York

7. El tresor de gel

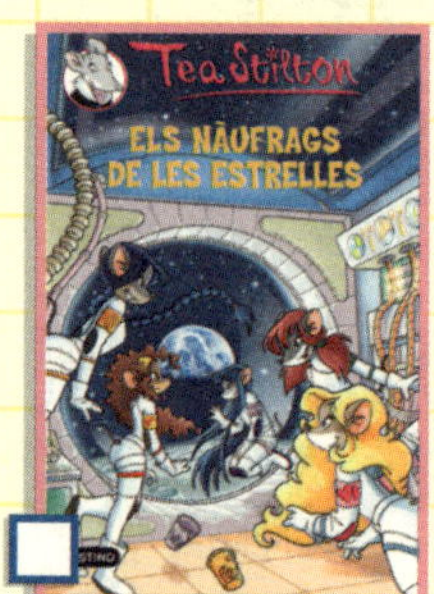

8. Els nàufrags de les estrelles

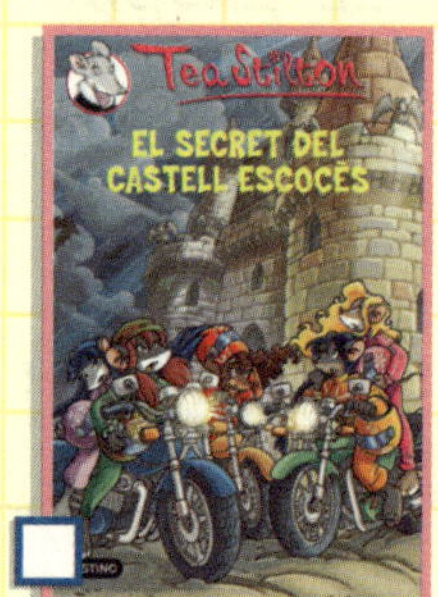

9. El secret del castell escocès

10. El misteri de la nina desapareguda

11. La caça de l'escarabat blau

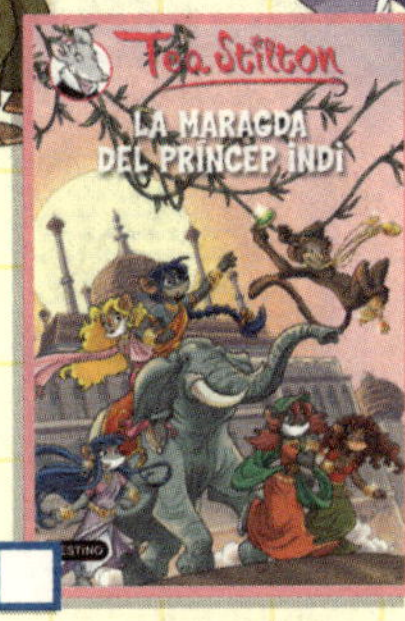

12. La maragda del príncep indi

13. Misteri a l'Orient Express

14. Misteri entre bastidors

15. La llegenda de les flors de foc

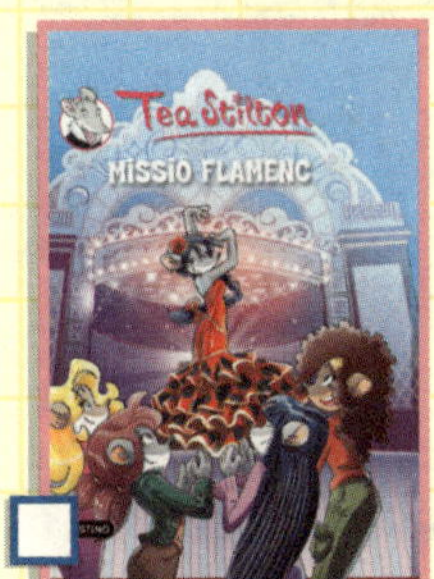

16. Missió flamenc

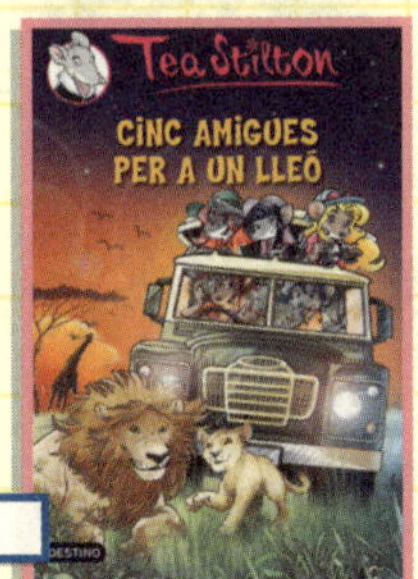

17. Cinc amigues per a un lleó

18. Rere la pista de la tulipa negra

RATFORD

1. L'amor entra en escena a Ratford!

2. El diari secret de Colette

3. Les Tea Sisters en perill!

4. Duel a ritme de dansa!

5. El projecte supersecret!

6. Cinc amigues i un musical

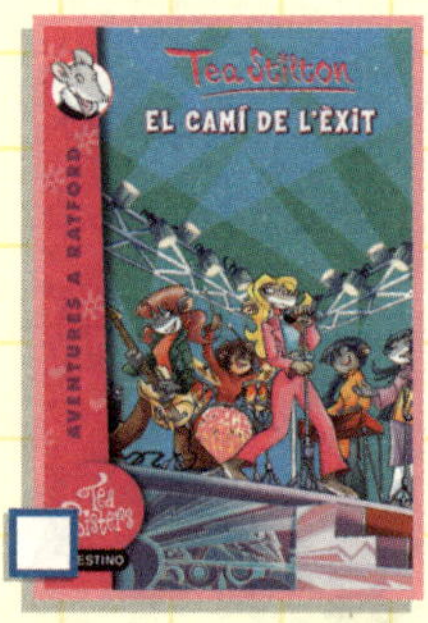

7. El camí de l'èxit

8. Qui s'amaga a Ratford?

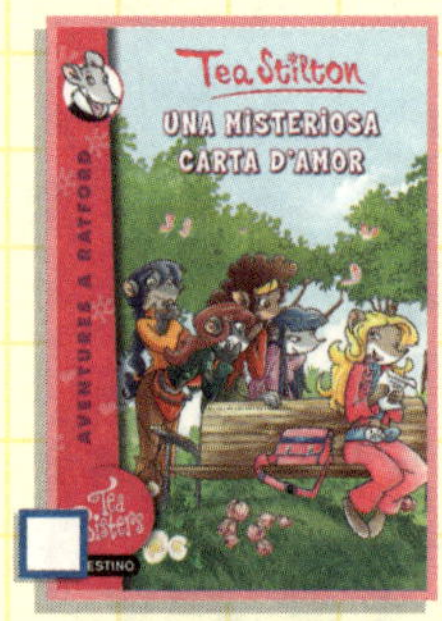

9. Una misteriosa carta d'amor

RATFORD

10. Un somni sobre gel per a Colette

11. Una aventura de pel·lícula

12. Top model per un dia

13. Salvem les tortugues

14. El club de les poetesses

Fi

Aquest llibre no es pot vendre
sense aquesta prova de compra
PROVA DE COMPRA
TEA STILTON
EL SECRET DE LES FADES
DEL LLAC

RATFORD

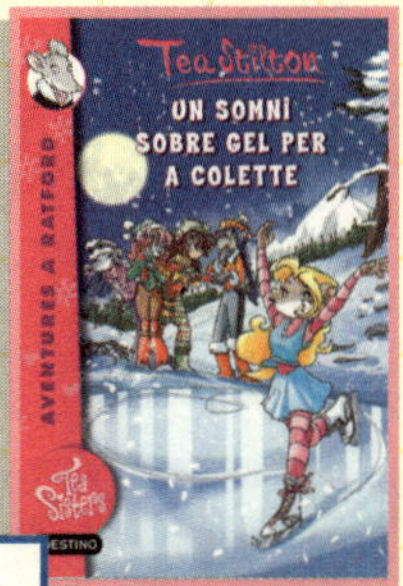

10. Un somni sobre gel per a Colette

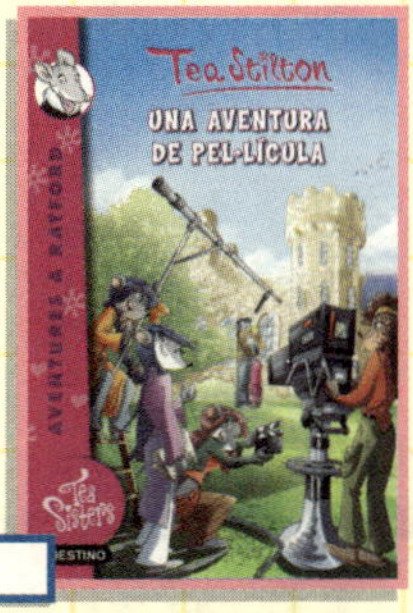

11. Una aventura de pel·lícula

12. Top model per un dia

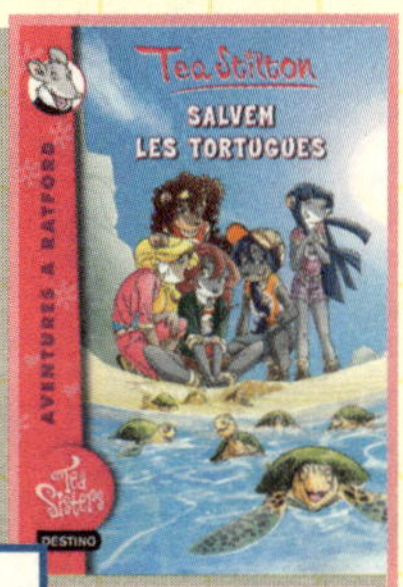

13. Salvem les tortugues

14. El club de les poetesses

Fi

Aquest llibre no es pot vendre
sense aquesta prova de compra
PROVA DE COMPRA
TEA STILTON
EL SECRET DE LES FADES
DEL LLAC